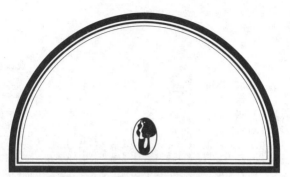

禁断告白スペシャル 四十路妻の淫ら体験

性実話研究会

Madonna Mate

E　N　T　S

C　O　N　T

第一章
禁断の不倫関係に溺れる妻たち

還暦近いアルバイト先の本屋店長が教えてくれるネットリSEXに夢中

杉浦みのり（仮名）　主婦　三十八歳

スキー場で知り合った主人は私より八つも年下のイケメンで、結婚したときは周囲の友だちからすごく羨ましがられたものでした。今でも自慢の夫ですし、いっしょに街を歩いたりするのには最高の人です。ただやっぱり……男は甲斐性がないとなって、今さらながら思ったりすることが多いのも事実で……。

若いぶんだけ給料もまだ高くありませんし、精神的にも頼り甲斐がありません。何より夜の生活が淡泊なのには、正直言って騙された感すら覚えているほど……。だからと言って別れたいとまでは思えないだけに、このまま私は女としてどんどん枯れていくしかないのかなって、逃げ場のないような淋しさを感じていたときでした。

気分転換のために始めた本屋さんでのアルバイトで、ちょっと危ない出会いをして……とうとう不倫を始めてしまったんです。

相手は主人とは何もかも真逆のタイプ……もう還暦に近くて、ガマガエルみたいな見た目で、肌も脂ぎっていて、若さのかけらも感じさせない、権田《ごんだ》さんというおじさん店長です。

権田さんは、私がそこで働きはじめた当初から、私のことを下心たっぷりな目で見ていました（それは女の直感ではっきりとわかっていました）。でも指導は優しいですし、オヤジギャグみたいなことも言いません。露骨なセクハラ発言も、そういう行為もありませんでした。

じゃあどこで下心を見抜いていたかというと、権田さんは私の女の部分ばっかりをひたすらに褒めてくるんです。髪の毛の艶とか、肌の張りとか、イヤラしくない程度にスタイルのよさについてとか。

最初は警戒をして、なるべく話半分にしか聞かないようにしていました。でも会うたびに褒められてたら、それはやっぱり悪い気はしませんし、意識もするようになってしまって……。例えば脚の形を褒められたら、ちょっと細くなれたかなっていうタイミングで短めのスカートを穿いてみたり、もっと褒められようと頑張っちゃったりして……。

女って、そういうことで綺麗になれるところがあるんですよね。だから下心が見え透いていると言っても、強引なことさえしてこなければそういうのも女の栄養になるので、むしろいいおじさんかもしれないなって……私もだんだんと店長に気持ちを許せるようになっていって……。

あとから思い直してみると、そこが権田さんの老獪《ろうかい》さというか、完全に最初からの作戦だったんだなってわかるんですけど、気がついたときにはもう私……むしろ権田さんに好意すら抱くようになっていました。

上手なもので、私が一歩新しく気を許したら、権田さんはぴったりその一歩分だけグッと踏み込んでくるんです。私がそれに慣れてきて、もっと気を許しだしたらそのぶんだけまた……。

そんなふうにして、働きだして半年も経《た》つ頃には、主人に対して内心で抱いてた不満をほとんど丸ごと権田さんに吐き出してしまっていました。権田さんはそれでも付け込んでくるようなそぶりは見せないで、とにかく変わらず私を褒めて、女としての自信をつけさせてくれるんです。

決定的な出来事が起きたのは、権田さんと知り合って八カ月ほどが経った頃でした。前の夜に私が主人と喧嘩をしてしまい、「ムシャクシャするからまっすぐ家に帰りたくない」とこぼしたとき、権田さんは私をお寿司屋さんに連れていってゆっくり話を聞いてくれて……。

嬉しかったたし、癒されました。

私はすっかりリラックスして、日本酒を飲みながら自分の子供の頃の話なんかまでして、お銚子が三本、四本……。話してるうちにさすがに酔いが回ってきて……あ、酔ってるなって思ったとき、初めてカウンターの下で手を握られました。

ドキッとしましたけど、不思議にぜんぜんイヤじゃなくて、それどころか、身体がカアッと熱くなりました。

きっと権田さんに褒められつづけてきたことが効いていたんだと思います。むげにもできないという思いもあるなか、腰に手を回されて……。

そのまましばらく普通に話をしているうちに、握られた手の指と指を絡み合わされて、肩と肩もぴったりと寄せ合った格好で……いつの間にか権田さんの下心を受け入れたってことが既成事実になっていました。

欲求不満の体が急にジワッと汗ばんできたのが自分でわかると、アソコがジュンッと濡れてきて……私は気持ちを決めました。それが伝わってんでしょうか、権田さんはお寿司屋を出ると、口説くようなことも言わないで私をまっすぐに近くのラブホテルに連れていきました。

久しぶりのラブホテルでした。その雰囲気だけで私は浮き足立って、膝が小さく震えてくるほど昂奮していました。

すぐにでも押し倒されて滅茶苦茶にされたいっていう欲求が込み上げてくるなか、でも権田さんはぜんぜん豹変したりすることはなくて、いつものように優しく褒めてくれながら、最初は服を着たままソフトに私を愛撫してくれました。

そしてディープキス……。

初めて会ったときはガマガエルみたいな顔だと思って少し嫌だなとすら感じてたのに、長い舌を口の中に入れられて中を掻き回されるようにされると、腰にズンッと来るような、甘い甘い快感を覚えました。

すごく上手《うま》いんです……権田さんのキス……。

「ンンンッ……あうぅっ……」

無意識に権田さんの背に手を回して自分から強く抱きしめながら、おねだりするみたいにクネクネと体を揺らしていました。

権田さんはそんな私のブラウスのボタンを一つずつ丁寧に外していって、ブラの隙間に指先を滑り込ませてきました。

私のFカップのおっぱいは、釣鐘型で形がいいのと、敏感なのが自慢です。その感じやすい乳首を二本の指でキュッと挟んで、権田さんは乳房全体をまったりと揉みまわしてきました。

「ああッ……ンンッ！　か、感じちゃう……す、すごく……弱いんですそこ……」

「ふふふ、思ったとおりの素敵なボディだ。張りがあって、瑞々《みずみず》しくて、とってもセクシーだよ。もっとよく見せてくれるかい？」

ブラウスをすっかり脱がされ、ブラを外されると、権田さんがいったん体を離して私をじっと見つめてきました。

眩しそうに目を細めて頭の先から足の先まで、何度も舐めるように見られていると、それだけで乳首やアソコがキュンキュンと気持ちよく戦慄《わなな》いてくるようでした。

「ここも、見せてもらおうかな」

スカートを指でたくし上げながらアソコを刺激してくる権田さんが、私の目を見たまま、パンティの中に手を差し入れてきました。そして恥毛を掻き分けて、花びらの合わせ目に指を……。

クチュウッ……。

湿ったイヤラしい音が耳に届いて、私はその途端、腰砕けみたいになりました。権田さんがそんな私を抱き締めて支え、パンティの中で指を小刻みに動かしました。

「んあああっ……めっ……ダメッ……い、イッちゃうからぁ！」

甘えたような甲高い声が出て、私はビクンビクンと身を震わせました。自分でするときはこんなに早くないんですけど、権田さんの指遣いが本当に上手で……。

私は夢中で権田さんにしがみついて、その場で立ったまま絶頂に達してしまいました。

「もうイッちゃったんだねぇ。よっぽど欲求が溜まってたんだ……。いいよ、今日はみのりちゃんが今までシタかったぶん、いっぱい気持ちよくしてあげるからね」

権田さんが私をベッドに仰向けに寝かせていって、スカートとパンティを脚からすっかり抜き取りました。そして私の脚を開かせると、花びらに唇を吸いつけてきました。

これがまたすごくいいんです。

主人の焦ったような舐め方とはぜんぜん違って、アソコの各部を一つ一つ舐め溶かしていくような、丁寧でしつこい舌の動き……。それに唇で吸い込むときの強弱のリズムが加わって、私は何度も背筋を仰け反らせました。

そうするうちに、いつの間に脱いでいたのか、権田さんの裸の下半身が私の顔の上に被さってきました。

権田さんが上になる格好でのシックスナインです。

初めて見た権田さんのアレは大きくて、びっくりしました。太くて長くてカチカチで反ってて、若い主人のよりも逞しいんです。

夢中で頰張って、舌を絡めていきながら、アソコを舐め吸われる快感にまたイキました。前戯だけでこんなに何度もイッた経験は過去に一度もありませんでした。

途中で権田さんが横に倒れていくかたちで二人の身体が回転して、私が上になると、権田さんは私に上体を起こさせて、いわゆる顔面騎乗の格好で私の中に舌を入れてきました。

「ハァアッン……こんなの、初めてです！　イクッ……またイクゥッ！」

真下から膣に舌を入れられて、乳房を揉みしだかれながら、またエクスタシーの波に吞み込まれました。こんなことをずっと続けていたら頭がどうにかなってしまうそうと怖くなりかけたとき、権田さんが私の下から抜け出してきて、正常位の格好で脚を大きく開かせました。

「もう我慢できないよ。みのりちゃんの中に入れても、いいかい？」

「は、はい……く、下さいッ……太くて大きいの、下さいッ！」

思わず破廉恥に叫んだ私の中に、ズンッと一気に権田さんのアレが押し入ってきました。

「キャウゥンッ！」

背筋を電流が走り抜けて、私は仰け反っていました。そのままゆっくりと出し入れされて、気が遠くなるようなエクスタシーを何度も何度も味わって……。

たっぷり三時間ほどもかけて抱かれた私は、ホテルから出るときにはすっかり権田さんの虜《とりこ》になって、終電ギリギリで家に帰ったときも、主人との喧嘩のことなんてすっかり忘れてしまっていました。

権田さんのセックスは、主人はもちろん、過去に私が出会ってきたどんな男のそれよりもネチネチとしていて、濃厚でした。権田さんはそのやり方が女の性感を骨の髄までトロトロにするやり方だということをわかっているようで、どこまでも正確でした。

私でなくても、女でさえあれば、一度味わっただけで二度と忘れられなくなるほどのものだと思います。

挿入してからの時間も長くて、腰の動かし方も性急でなく、あくまで女の体内のリズムに合わせてくれる感じ……。

この一度の体験以降、私の権田さんを見る目はそれまでとはまったく変わってしまっていました。女としての最高の悦びをくれる男として、尊敬の念すら抱けるようになって、いっしょに働いているというだけで濡れてしまうようになって……。

権田さんはそんな私の変化をもちろん全部見抜いていたようです。そのくせ、あの夜のことはぜんぜん口にしないで、何日間か焦らされました。すごく乱れてしまっただけに、私のほうも自分から話題にするのは恥ずかしくて……。

そうして私がもう我慢できないと思うようになった頃、閉店した夜の店内で二度目のエッチを仕掛けられました。

「色っぽい目をして働いてたね、このところ……」

言いながらそっと腕を撫でさすってこられて、私はたちまち「あぁっ」と声を漏らしていました。だって、欲しくて欲しくてたまらなくて、ずっと待っていたんです。

「いじわる……」

「どういう意味だい?」

「わかってるくせに……」

「ふふふ、待たせた間にどんなエッチな体になったか、調べていこうか。棚に手をついて、お尻を突き出してごらん……。そうだ、みのりちゃんは最高にセクシーなプロポーションだから、こういう卑猥なポーズがよくキマるよ。このスリットの入ったエロいスカート、これは、こんなふうにしてほしいから穿いてきたのかい？」

私がコミック本の棚に手をついてお尻を突き出すと、権田さんの手がスリットからスカートの中に入ってきて、汗ばんだ内腿を撫で回してきました。

「あっ……はぁうっ……」

たちまち全身に鳥肌を立てた私は、パンティの内側でアソコがジンッと痺れたようになりながら愛液を滲ませるのを感じました。

「おや、もうグッチョリ濡れてるじゃないか。可哀想になぁ……ほら、たっぷりと染み出してきてるよ」

股布越しに敏感な部分を指でネチこくこね回されて、膝がガクガクと震えました。気持ちよすぎて、とても立っていられません……。私は「も、もうダメ……」と息を乱して言いながら、下段にある平積みのコミックの上に手を置いて、大きく前屈《かが》みになりました。

「ほほう、おねだりポーズじゃないか。どれ……」

権田さんが私のスカートをまくり上げ、パンストとパンティを同時に膝裏まで引き下ろしました。

「もう丸見えだ。物欲しそうなオマ○コがヒクついてるよ。淋しかったんだろう？　自分でいじってごらん。淋しいときにいつもみのりちゃんが一人でやってるようにさ」

人に見られながらするオナニーなんて初めてでした。こんな恥ずかしいこと、私のふだんの感覚や価値観ではできないことです。

でも、権田さんが相手だったら、どんな恥ずかしいことでもできる……いいえ、してみたいとまで思えるようになってる自分がいました。

ニチュッ……ニチュッ……とイヤラしい音を立てて私が指を使っていると、権田さんが後ろから私の服を脱がせて、乳房を揉み絞ってきました。ついさっきまでお客さんがいたお店の中でこんなことをしてるなんてと、スリリングな昂奮にどんどん快感が高まっていきます。

「くッ……イクッ……ああっ、アアッイイッ！　ねぇ、欲しい、欲しいの……ねぇシテ……権田さんのでシテ……私のオマ○コに権田さんの……い、入れてください！」

私がそう言ったときでした。権田さんが、自分のつけているエプロンの前ポケットから、大きくて長い紫色のバイブレーターを取り出しました。

「みのりちゃんは、今がヤリたい盛りなんだよねぇ。私の体力以上に、もっともっと気持ちよくしてあげようと思ってね、こんなものを買ってみたんだよ」

ウィィィンッと音がして、それがクネクネと動き出します。

「ええっ……い、いや……そんなのいやぁっ……」

驚いている間もなく、丸いゴムの先端が私の指を押しのけるようにして膣内に入ってきました。ヌッ……ヌヌヌゥッ……と、想像していたよりも奥まで来たあと、膣いっぱいに満ちたまま、グルングルンと回転しながら、出し入れされます。

「アアオンッ」

本物のアレとはまるで違う、でも、感じるところを否応なしにグングンと強く刺激してくるその感触に、私はお尻を上下に動かして悶えていました。

「実にいい眺めだよみのりちゃん。たまらなくワイセツだ。どれ、そのままこっちを向いて、エロ漫画みたいにしゃぶってもらおうか」

権田さんがズボンを下ろし、逞しく反り返った、バイブレーターに負けない大きな本物を露《あらわ》にしました。

私は指示されるままに棚から手を離すと、その場にしゃがみ込んだ格好で権田さんのそれを口に含み込み、ジュブジュブと音を立てながらそれを舐めしゃぶりました。

まだ二度目なのに、懐かしく思えるほどの愛着が湧いていました。

バイブレーターをアソコに入れたまましゃがんでいるので、バイブレーターの根元が床に当たって、ますます奥にグリグリと突き刺さっていました。

「いいぞ、いいぞ。そうら、タマタマのほうまで舐めてごらん。そうだ、ケツの穴まで舌を伸ばして舐められるかい？　ふふふ、思ったとおりだ、みのりちゃんは、こうやって男に奉仕することで、もっともっと綺麗になれるタイプの女なんだよ」

権田さんの発する言葉は、その言葉をかけてくる相手やタイミングによっては、とても受け入れられないものでした。でもこのときの私には素直に腑に落ちて、言われれば言われるほど、もっとそういう女になりたいとまで思えてくるのでした。

そのまま十分近くも「ご奉仕」をしていると、バイブレーターが自然とアソコから抜け落ちました。するとようやく口からアレが抜き取られ、私はふたたび棚に手をつかされて、後ろから立ったまま貫かれました。

口から無意識に甲高い声を迸り出て、自分からお尻を突き出していきました。

お店の道路側は大きな窓で、外からも店内が見えるようになっています。コミック本の棚は窓とは反対側なので人から見られる心配はなかったのですが……

「ああっ、ま、待って……ああっ、そっちは……」

権田さんが腰をリズミカルに打ちつけてきながら、ウエストを摑んで私を歩かせだしました。私はヨロヨロとしながら外から見える位置まで押し出されそうになって、必死に棚を摑もうとしました。

「ふふふ、まさか、そんなことはせんよ。ただ、顔だけ出して外の様子を見てごらん」

言われて、揺れる頭をできるだけ固定しながら、そうっと首を突き出しました。

夜のとばりが下りた歩道を勤め帰りの人たちが大勢歩いていました。最寄りの駅から私の家までの通り道にこのお店はありましたから、もしかしたら主人が通りかかるということも考えられました。

「人が……いっぱい歩いてる……」

「そうだろう。だからみのりちゃん、あんまり大きい声を出すと、聞かれてしまうかもしれないよ。そろそろ、旦那も通りかかる頃じゃないのかい?」

知っていてわざとやっていたんだと思うと、心憎いような、恐ろしいような気もするのですが、私の口から出る声は、ますます大きくなってしまいました。

権田さんが急に激しく腰を打ちつけてきたからです。

「アアッ、アアアッ……気持ちイイッ……店長のオチ○チン、気持ちイイのォッ!」

イヤラしく叫んでいる私の声が漏れてしまったからなのかどうか、通行人の一人がこっちを見ました。

ドキリとして、平静を装おうとするのですが、後ろから突かれているので顔がおかしく揺れてしまうのはどうすることもできません。

知らない人が私の顔を見ながら歩いていくのを心臓が破裂しそうなほどドキドキしながら見つめ返して、私は失神してしまいそうなほどの大きなエクスタシーに呑まれていきました。

「おおっ、ずいぶん激しいオルガスムスだったねぇ。誰かに見られなかったかい？」

「……み、見られたわ……見られながら……イッたの、私……」

「これでまた綺麗になったねぇ……ふふふふ、本当に可愛い子だよ、みのりちゃんは。私がこれからどんどん磨きをかけてあげる。どうだい、嬉しいだろう？」

「はい……嬉しい……です」

このときはまだ、初めて体験することへの好奇心や権田さんがくれる快感の大きさに自分は一時的に引っ張られているだけで、いざとなったらいつでも引き返せるって思っていました。

権田さんが優しくて紳士なことは今でも変わりありません。

ただ少しずつ、本当に少しずつ、権田さんが支配者で私が被支配者という最初にはたなかった特殊な関係性がはっきりと出来上がっていって、今の私はそれを喜んで受け入れています。

今、私は権田さんのペットです。

権田さんは私が主人と別れたりするような事態にならないように気を遣ってくれながら、私の体をどんどん性的に開発してくれています。

過去のセックスではどの男性とも経験のなかった飲尿や目隠しプレイなどのアブノーマルな行為も受け入れられるようになり、先日は、枷や縄を使って体を拘束してするSMみたいなエッチで新しい快楽を教えてもらいました。

次はお尻のほうも……なんてことも言われていて、怖いけど楽しみにしている自分がここにいます。

主人には申し訳ないけれど……もう元の私には戻れないんじゃないかなって……。

朝にシャワーを浴びたあと、以前よりずっと艶の増した肌にクリームをたっぷり塗り込んで、全身を念入りに整えてから今日もアルバイトに向かう私です。

夫の浮気に対抗意識を燃やしてネットで浮気相手を募集する三十路

平田七海（仮名）　専業主婦　三十七歳

私は八歳の娘を持つ専業主婦です。

小さなころの娘は身体が弱く、よく熱を出して寝込んだりしたので、毎日を娘の世話のためだけに費やしていたようなものでした。

その娘も小学生になるころからは寝込むようなこともなくなり、私は少しずつ自分の時間を持てるようになってきたのです。

すると、今までほとんど気にしなかった夫との関係が急に気になりはじめました。

実は娘を妊娠した直後から、夫は私を一度も抱いてくれていないのです。

主婦友だちにそれとなく訊いてみたところ、どこの家も同じらしく、なかには「家族とセックスするなんて気持ち悪いじゃないの」と冗談めかして言う人もいました。

だけど私は、年齢のせいか、ときどき猛烈に夫の愛撫を求めたくなるときがあるのでした。特にここ半年ほどは、身体が常に火照っているような状態でした。

それである日、仕事から帰ってきた夫にそっと身体を寄せて、「ねえ、今夜は久しぶりに……」と小声で囁いてみたのです。

すると夫は私を振り払うようにして、そっぽを向いたまま言いました。

「なにを馬鹿なことを言ってるんだ。俺は仕事で疲れてるんだぞ。おまえはもう母親なんだから、そんなことは考えるなよ。じゃあ、俺は風呂に入るから」

そして、スーツを脱ぎ捨てて、さっさとお風呂場に行ってしまいました。

新婚当時の夫はどちらかといえば絶倫で、私のほうが「もう今日はこれぐらいで許して」とお願いしたぐらいなんです。

それに男性の身体の中では、毎日大量の精液が作られているはずです。私がムラムラすることがある以上に、夫だってその精液を身体の外に放出したい欲求があるはずなのです。それなのに九年近くセックスをしないで平気だなんてありえません。

私の目はソファの上に置かれたスーツの上着に向けられました。その内ポケットからスマートフォンが少しのぞいていたのです。

お風呂場からはお湯の音が聞こえてきます。私はもう自分を抑えきれなくなり、そのスマートフォンを手に取っていました。

ロックがかかっていましたが、暗証番号は予想がつきました。夫はキャッシュカードを何枚か持っていますが、覚えられないからといって、全部同じ暗証番号にしてるのです。

その番号を入れてみたところ、案の定、スマートフォンのロックはあっさりと解除されました。

私は大急ぎで夫のメールをチェックしました。

すると、予想どおり、同じ女と何度もＬＩＮＥをしていたのです。

『ゆうべは楽しかったよ』

『ほんと、すごかったわね。私のアソコ、まだヒリヒリしてるのよ』

『ごめんよ。ちょっと激しくしすぎたかもな』

『そんなことないわ。もっと激しくしてくれてもいいぐらい』

『わかったよ。じゃあ、また明日の七時に○○で』

『うん。楽しみにしてるわ』

といったやりとりがいくつもあるのでした。

夫が浮気をしていることは間違いありません。

それは半分予想どおりでしたが、やはり妻にとってはショックです。

病弱な娘の世話をすべて私に押しつけて、自分は外で好き勝手していたのですから、絶対に許せません。だけど、私は夫を問い詰めることはできませんでした。夫は異常に短気なので、もしも私が浮気のことを非難したら、きっと逆ギレして「じゃあ離婚しよう」と言い出すに決まっているんです。

結婚前はOLをしていた私ですが、もう十年近くずっと専業主婦をしていました。特に資格も持っていません。自分ひとりで娘を育てていく自信などありません。だから、離婚という選択肢は最初からありませんでした。

それでも、ただ浮気されているだけでは我慢できません。私は夫への仕返しの意味も込めて、自分も浮気してやると決心したのです。

といっても専業主婦である私には、男性と知り合う機会はほとんどありません。まわりにいる男性といえば、スーパーの店員や娘の学校の先生ぐらいです。そんな身近な人と特別な関係になると、あとあといろんな問題が出てきてしまいそうです。

結婚生活はこのままつづけるつもりなので、もしも夫にバレたら大変です。そこで私はSNSで男漁りをしてみることにしたんです。以前にママ友から一度、「SNSで知り合った男性とエッチしちゃったの」と告白されたことがあったんです。

そのときは、ネットで男漁りをするなんてハレンチな人だわ、と呆《あき》れましたが、本当は彼女のことがうらやましかったのだと、今では認めるしかありません。だから、私も彼女の真似をしてSNSで男漁りをしてみようと思ったのでした。

まずSNSに新規登録して、自分は人妻だけど夫が相手をしてくれない。どうやら夫は浮気をしているらしい。悔しいから私も浮気をしてやろうと思ってるんです、という正直な気持ちを投稿をしてみると、すぐに何人もの男性からメッセージが届きました。

こんな私でも求めてくれる男性がいるということがうれしくてたまりませんでした。だけど、まったく知らない男性と会うのはなかなか勇気がいるものです。そこで私は、顔写真を添付してきていた三十五歳の男性と会うことにしました。

顔を知っているというだけでだいぶ安心感がありますし、それに自分から顔写真を送ってくるだけあって、なかなかのイケメンだったということも理由のひとつです。

娘が学校に行っている平日の昼間に繁華街で待ち合わせしました。そこに現れた彼はスーツ姿でした。

「僕、営業職だから、けっこう時間の自由が利くんですよ。今日も一件、契約を取ってきたんで、今日はもうこのまま直帰しちゃってOKみたいな」

三十五歳にしてはずいぶん軽いノリの男性でしたが、そのぶん、私も深刻に考えなくて済んだということもあると思います。

とりあえずファミレスに入り、ふたりでランチをして、少しだけですがビールを飲みました。彼はきっと優秀な営業マンなんでしょう。会話が面白くて、とても楽しいランチでした。

夫以外の男性とふたりで食事をしたのは、結婚してからはもちろん初めてでした。青春を取り戻しているように思えて、とても幸せな気分です。

料理を食べ終わると、彼がテーブルに身を乗り出して私のほうに顔を近づけました。なにか言おうとしているので、私も同じように身を乗り出して彼の顔に自分の顔を近づけました。

すると彼は他のお客さんに聞こえないように小声で囁いたんです。

「実は僕も既婚者なんです。だから後腐れのない割り切った関係ってことでどうですか？」

家庭は壊したくないから一回きりの関係で、あとからしつこくするのはやめようということです。私も同意見だったのでうなずくと、彼はにっこり笑って「じゃあ出ましょうか」と伝票をつかんで立ち上がりました。

そして私たちは少し離れて歩きながらラブホ街へ。

「あそこにしましょう」

彼がそう言ってさっさとホテルの門をくぐっていき、私はそのあとを小走りにつづきました。部屋に入るときは、もう胸がドキドキして、油断すると心臓が口から飛び出るんじゃないかと思ったほどです。

そして、ドアを閉めた瞬間、彼が私を抱きしめてディープキスをしてくれたんです。たぶん二、三分もの長いキスでした。それで私は緊張よりも興奮のほうがまさり、ようやくこの状況を楽しめるようになったんです。

「じゃあ、お先にシャワーをどうぞ」

私が促すと、彼は首を横に振りました。

「そんな余裕はありませんよ。僕はもうさっきから痛いぐらいに勃起してるんですから。シャワーなんか終わってから浴びればいいでしょ?」

彼はそう言うと私をお姫様だっこして、ベッドまで運びました。

「ああっ、ダメよ、そんなの。汗をかいたもの」

私は足をバタバタさせながら言いました。だけど彼は楽しそうに笑うんです。

「その汗の匂いがいいんじゃないですか。僕、七海《ななみ》さんの汗だったらゴクゴク飲みたいな」

「いやよ。変なこと言わないで」

そう言いながらも、私は奇妙に高揚した気分になっていました。だって、結婚前の夫にもそんなことは言われたことがなかったんですもの。

彼は私をそっとベッドに寝かせると、上着を脱いで覆い被さってきました。

そして、もう一度キスをしてから首筋を舐めまわし、さらに胸元へと愛撫を移動させてきました。

「待って。服がシワになっちゃう」

「そうですね。じゃあ、先に裸になりましょうか」

そう言うと彼はシャツとズボンを脱ぎ捨てて、ボクサーブリーフ一枚という姿になりました。夫のぶよぶよにたるんだ身体とは違い、彼は引き締まったいい身体をしてるんです。なにか習慣的にスポーツをしているのか適度に筋肉がついていて、いかにも精力がありそうです。

しかも、ボクサーブリーフの股間は大きくふくらんでいて、ペニスの形がはっきりとわかるんです。

「あぁ、いい身体だわ……」

思わず私は溜め息をついてしまいました。

「ありがとう。じゃあ、七海さんも脱いでくださいよ」

明るい蛍光灯の下で裸になるのは恥ずかしかったものの、彼のギラギラした目で見つめられると、「明かりを消して」とは言えませんでした。

私は自分でブラウスとスカートを脱いで、ブラとショーツだけの姿になりました。

そんな私の身体を見て、彼は言ってくれました。

「すごくきれいですよ」

「そんなことないわ。お腹に贅肉がついてるし……」

「それがいいんじゃないですか。グラビアアイドルみたいな身体より、七海さんのような身体のほうがずっとエロくて男を刺激するんですよ」

それは嘘ではないようでした。なんと彼のボクサーブリーフのウエスト部分から、勃起したペニスの先端が顔をのぞかせてるんです。

「七海さん、すごく物欲しそうな目で見てますね。いいですよ。もっと見てください」

彼はブリーフを脱ぎ捨てて、私の前で仁王立ちしました。

「あぁぁぁん……なんてすごいの……」

私は彼のペニスから目が離せませんでした。

というのも、勃起した彼のペニスはバナナのように反り返り、太い血管を浮き出させながらピクピクと痙攣しているんです。

伸びきった裏筋が興奮の度合いを示していて、さっきの言葉、私の身体がエロいというのが本当だと証明してくれているのでした。

「いいですよ。舐めたいんでしょ？　いっぱい舐めてくださいよ」

彼は私の顔にペニスを近づけてきました。

私は膝立ちになり、そっとペニスをつかみました。すごく熱くて、激しい血液の流れが手のひらに感じられました。私のことを思いながらこんなになっていると思うと、愛おしくてたまらなくて、いっぱい気持ちよくしてあげたくなるのでした。

私はペニスを手前に引き倒し、先端をペロリと舐めました。

「はうっ……」

彼が奇妙な声を出し、それと同時にペニスがビクンと痙攣しました。

「うふっ。今からもっと気持ちよくしてあげるわね」

私は先っぽをペロペロ舐めまわし、さらに大きく口を開いて亀頭を口に含みました。そして、口の中の粘膜でねっとりと締め付けながら首を前後に動かしはじめたんです。

「あっ、すごい……ううっ……七海さん……おお……なんておいしそうにしゃぶるんだろう。チ○ポが大好きなんですね。うう……たまらないですよ」

私を見下ろしながら彼はそんなことを言うんです。

彼のためにしゃぶっているつもりでしたが、確かに私自身フェラチオをしたくてたまらなかったんです。

その証拠に、ペニスをしゃぶる私の股間は、もうヌルヌルになっているのが手を触れないでもはっきりとわかるんです。

「どうしたんですか、モジモジして。アソコがうずいてるんじゃないですか？　いいですよ。今度は僕が」

そう言うと彼は腰を引きました。私の口からヌルンと抜け出たペニスは唾液でヌラヌラ光っていて、すごくいやらしいんです。

それを揺らしながら彼は私をベッドの上に押し倒し、仰向けになった私の背中の下に手をねじ込んでブラを外し、ショーツに手をかけました。

そのまま引っ張りおろそうとする彼に、私はお尻を上げて協力しました。

両脚からするりとショーツを抜き取ると、それをあっさりベッドの横に落とし、彼は私を見下ろして言うんです。

「すごいなあ。まだ何もしてないのに、全身がピンク色に火照ってるじゃないですか。

ああ、すごくエロいですよ」

彼は私に覆い被さり、また唇、首筋、胸元とキスをしていきました。そして、乳房にたどりつくと、左右の乳首を交互にペロペロしたり、乳飲み子のように吸ったり、軽く噛んだりするんです。

それはすごく気持ちいいのですが、乳房が気持ちよければ気持ちいいほど下腹部のモヤモヤがますますひどくなっていくのでした。

その思いが限界に達したところで、彼のキスはまた下のほうへと移動を始めました。どうやら私の反応を見ながら愛撫の位置を考えていたようです。鳩尾《みぞおち》、おへそ、と舐めまわしてから、彼のキスはとうとう私の股間にたどりつきました。

「おお、すごく濃厚な匂いがしますよ」

「いや。恥ずかしい」

念のために家を出る前にシャワーは浴びてありましたが、それでもこんなにヌルヌルになっていたら、もうなんの意味もありません。それに、恥ずかしさよりも、彼の愛撫が待ち遠しくて、私は自ら股を開いてしまうのでした。

「なんですか？　もう待ちきれないってことですか？」

「そうです。焦らさないで。私、もう九年近くエッチしてないんです」

「わかりました。失われた時間のぶん、たっぷり気持ちよくしてあげますよ」

そう言うと彼は私の内股に手を添えて力を込めました。ガバッと勢いよく股を開かされたと思うと、次の瞬間には彼の唇が私の陰部に押しつけられました。

そして、さっき上の口にしたのと同じように、今度は下の口にディープキスをするのでした。

ネコが水を飲むときのような音を鳴らしながら私の割れ目を舐めまわし、彼は穴の中に舌をねじ込んできました。

「あぁぁぁん、そ……そんなところまで……あああぁぁん」

夫は自分が気持ちよくなることばかり考えて、私への愛撫にはあまり力を入れてくれない自分勝手な人でした。

だから、新婚当初でもあまりクンニはしてくれなかったんです。

それなのに彼は外だけではなく中まで舐めまわしてくれるので、私はわけがわからなくなるぐらい感じまくり、淫らな声を張り上げてしまうのでした。

「ああっ……いい……はあぁぁん……気持ちいい……あああああん……」

「七海さんのマン汁、すごくおいしいですよ。もっといっぱい飲ませてくださいね」

彼は私のアソコに唇を押し当てたまま、ズズズと音を鳴らしてエッチなお汁を啜る

んです。

「あぁぁ、いやぁぁん……恥ずかしいぃ……。そんなことしないでぇ……」

そう言いながらも私は身体をのたうたせ、彼の髪の毛をくしゃくしゃにしていました。すると今度は、彼の舌は私の一番敏感な部分を責めはじめたのです。

彼の舌が私のクリトリスの上をぬるんぬるんと滑り抜けるたびに、私の身体には痺れるほどの快感が駆け抜けるのでした。

「はっあぁぁんんっ。も……もうダメぇ……あぁぁぁあっ……いい……イク……もうイクイクイク……はぁぁぁぁあぁんんん！　んっんんん！」

その瞬間、私の頭の中は真っ白になり、電気ショックでも受けたように身体がベッドの上で跳ねてしまいました。

「欲求不満の人妻はイキ方までエロいですね」

ぐったりしている私を見下ろして、口のまわりを愛液と唾液でヌラヌラ光らせながら彼が言いました。

「はあぁぁ……だってぇ……ほんとに久しぶりなんだもの。はあぁぁぁん……」

「じゃあ、次はこれでイカせてあげますよ」

彼は膝立ちになり、股間にそそり立つペニスを右手でつかみ、私に見せつけるように上下に数回しごいてみせました。

「あぁぁん、すごく大きいわ。ちょうだい。それを私の中に早くちょうだい」

「どうしようかな？」

「お願いよ、焦らさないで」

「そんなに欲しいなら。僕が入れたくてたまらなくなるように挑発してみてください」

「……挑発？　どうすればいいの？」

「さあ、それは自分で考えてみてください」

そう言うと彼はまたペニスを手でしごきはじめました。真っ赤に充血した亀頭の先端には、透明な液体が滲み出て朝露のようにたまっていくんです。

その様子は本当に卑猥でゾクゾクするぐらい興奮してしまいます。同時にアソコの奥がもどかしげにうずき、その硬くて大きなもので激しく擦ってもらいたくてたまらなくなるのでした。

相手は行きずりの男性です。もう会うこともないと思えば、いくらでも淫らになれます。私は両脚を抱え込むようにして彼に向かって陰部を突き出し、アソコに力を込めてヒクヒクと動かしてみせました。

「どう？　エロいでしょ？　ここに入れたくなったんじゃない？」

「あぁ……すごい……すごくエロいですよ。ううっ……まるでオマ○コがしゃべっているようだ。ああ、もう我慢できない」

彼はペニスの先端で狙いを定め、そのまま身体を押しつけてきました。

「あぁぁん……入ってくるぅ……あああっ……入ってくるぅぅんん……」

挿入されるのは九年ぶりだったので、私のアソコは処女のように狭くなっていたようです。

「おおっ……狭い……ううう……なんてきついオマ○コなんだ……ううう……」

気持ちよさそうに声を出し、彼はメリメリと膣壁を押し広げながらペニスを挿入してくれました。そして、ゆっくりと引き抜いていき、それをまた押し込んできて……という動きを徐々に激しくしていくのです。

「あぁぁ……イイ……気持ちイイ……はあああん！　イイ！　気持ちいい！」

ふたりの身体がぶつかりあってパコパコと滑稽な音が鳴るのですが、その音がますます私を興奮させていくんです。

「ううう……、今度はバックからやらせてください」

「いいわ。こう？　これでいい？」

いったんペニスを抜いて、私は四つん這いになってお尻を突き上げました。するとすぐにまた巨大なペニスがヌルンと滑り込み、膣壁の、さっきとは違う部分をゴリゴリ擦ってくれるんです。

「おおお……お尻の穴が丸見えですよ。ああ、エロすぎる。うう、気持ちよすぎる」

「私もぉ……私も気持ちよすぎて……あああん……もう……もうイキそう」

「ううう っ……ぼ……僕ももう限界かも。ああ、もう限界だ。ううっ……」

「な、中はダメ。はああっ……外に……外に出してぇ。あああっ、い……イクぅぅぅ！」

「おおおっ……で、出るううう！」

その瞬間、ジュボッという音とともに彼はペニスを引き抜きました。そして、熱いザーメンが私のお尻から背中にかけて大量に飛び散ったのでした。

初めての不倫セックスですっかり満足した私は、それで気が済んだかというと逆で、次はどの男と会おうかと、届いたメッセージを吟味する毎日なんです。

娘のボーイフレンドの童貞を奪う淫らな四十路母のアブナイ騎乗位

若田部可奈（仮名）　保険外交員　四十七歳

私は二十六歳のときに結婚し、子育てが一段落した今は保険の外交員をしています。

夫とのあいだに十九歳の女の子が一人いるのですが、この娘が悩みの種でした。私の育て方が悪かったのか、夫が甘やかしたせいか、京香《きょうか》はわがまま三昧の娘に育ってしまったんです。それでも大学に無事合格し、彼女も徐々に変わってくれると期待していました。

ところが一年前に夫が単身赴任してからは、傍若無人にさらに拍車がかかりました。

きっと、母親である私をなめていたんだと思います。

今年の夏、外回りで汗を掻いた私は、着替えをしようといったん自宅に戻りました。

娘の部屋から物音がしたので、また授業をさぼっているのかと、怒鳴りつけるつもりで彼女のもとに向かったんです。

扉を開けて驚きました。

京香の姿はどこにもなく、一人の男の子がベッドに座り、しくしくと泣いていたのですから。

彼は澤田《さわだ》君といって、何度かうちに遊びにきており、とてもおとなしい真面目な男の子で、娘にはもったいない相手という印象を抱いていました。

気弱な性格なのか、京香の理不尽な言葉に何も言い返せず、彼の目の前で娘を怒ったこともたびたびありました。

「さ、澤田君、いったい、どうしたの？」

「あ、おばさん。すみません、お留守のときに勝手にあがりこんじゃって」

そう言いながら、澤田君は目から涙をぽろぽろとこぼしました。

「何があったの？」

私は彼のとなりに腰かけ、背中を優しく撫でながら問いかけました。

話を聞くと、澤田君は京香に呼びだされ、一方的に別れを切りだされたそうです。

イケメンではないうえに頼りない性格が不満だと、かなり厳しい言葉を投げかけられたらしく、澤田君は延々と泣きつづけていました。

「それで、京香は？」

「話をしているときに、友だちから……電話がかかってきて、そのまま遊びに出かけちゃいました」

「まあ」

京香の対応に驚きの声をあげたものの、どう答えたらいいのか、私は困惑しました。恋愛に関しては娘の好みもありますし、別れ話を切りだしたからといって、彼女を非難することはできません。

若い娘からすれば、澤田君のような優しい男の子は物足りなかったのでしょう。

「こんな情けない男……嫌われて当たり前ですよね」

「そんなことないわ。それであなたは、京香の言うことを受けいれたの？」

「……いやだとは言いました。そしたら、ほっぺたを引っぱたかれて」

「あの子ったら、なんてことを⁉」

確かに、彼の左頬は赤く腫れていました。

暴力に訴えたのですから、これは娘が百パーセント悪いのは明らかです。

このときの私は、澤田君のことがかわいそうになってしまい、母性本能をすっかりくすぐられていました。

「初めてつき合った女の子なのに、たった三カ月でフラれるなんて……」

「娘に代わって、私が謝るわ。ごめんなさいね、あんなわがままな子に育てちゃって。帰ってきたら、こっぴどく叱っておくから」

「京香さんとは……もうだめですかね」

「そ、それは……」

あんな娘でも、澤田君にとっては未練があったようです。

またもやシクシクと泣きだし、私はなおさら困惑するばかりでした。

「あなたには、もっとふさわしい女の子が現れるわよ」

「……わかってるんです」

「何が？」

「僕みたいな男が、女の子にもてないってこと。京香さん以外に、つき合ってくれる子なんていないですよ」

どうやらすっかり自信をなくしてしまったらしく、澤田君は見るからに落ちこんでいました。

「あの、変なこと聞くけど、あの子とはその……キスとかはしたの？」

「……いえ、何も」

母親としてはホッとする一方で、澤田君が童貞だと確信したとたんに胸が騒ぎました。

「澤田君は、魅力的な男の子よ。もっと自分に自信を持ちなさい」

手をキュッと握りしめると、彼はつぶらな瞳を向けてきました。

長い睫《まつげ》、つるつるとした頬、プリッとした唇。熟女の私から見たら、いかにも誠実だし、自然にかわいいという感情が込みあげました。そして私は、自分でも信じられない言葉を口走ってしまったんです。

「いいわ。澤田君がよければ、おばさんが自信をつけさせてあげる」

「え?」

今思いだしても、なぜあんなことを言ってしまったのか。

夫が単身赴任をしてから、私自身も欲求が溜まっていたのは事実です。だからと言って、娘のボーイフレンドに誘いをかけるなんて……。

啞然とする澤田君の手を胸に導き、私は服の上から乳房を触らせました。

とたんに生唾を呑みこむ音が聞こえ、彼の目が好奇心に輝きだすと、私は心臓をドキドキさせました。

身体の中心部がカッと熱くなり、たったそれだけの行為であそこがジュンと濡れちゃったんです。

澤田君は真剣な表情で、瞬《まばた》きもせずにバストをやんわりと揉みました。

自信をつけさせてあげるという言葉の意味が理解できたのか、ジーンズの股間が目に見えて膨らんでいきました。

気弱な性格とはいえ、若い男の子だけに性に対する興味は並々ならぬものがあったのでしょう。

私自身も気持ちを昂らせ、股間の膨らみに手を伸ばしました。

「……あっ」

胸を触らせただけで、ペニスは早くもキンキンの状態になっていました。

大きなテントを張り、今にも布地を突き破って飛びでてきそうなほど突っ張っていたんです。

澤田君は身を強ばらせ、私の手の動きを呆然と見つめていました。

ズボンの上からペニスをキュッキュッと握りしめ、手のひらで撫でさすり、指先でカリカリと引っ掻くと、彼の目はみるみるうちにとろんとなりました。

「お、お、おばさん」

口から湿っぽい吐息を放ち、頬をピンクに染めた表情がとてもかわいくて、子宮の奥が甘く疼きました。

このときは、もう澤田君の童貞を奪ってしまおうと決心していたと思います。

私は肩をすり寄せ、当然とばかりにジーンズのホックを外しました。

「あの子には、絶対に内緒だからね」

もう言葉すら発せないのか、荒い息を吐きながらコクンと頷く仕草が女心をなおさらときめかせました。

「お尻を上げてちょうだい」

「は、恥ずかしいです」

「あら、脱がなきゃ、気持ちよくさせられないでしょ?」

耳元に唇を寄せて甘く囁いただけで、澤田君は腰をビクビクと震わせました。

子供の着替えを手伝うようにズボンとパンツを脱がせると、いきり勃ったおチ○チンがビンと弾けでました。

胴体は細くて生白くて、半剝けの先っぽはまっさらなピンク色なんです。

なんて、愛くるしいおチ○チンでしょう。

心臓の鼓動が一気に跳ねあがり、私も異様なほど昂奮していました。

「まあ、大きいわ。もう一人前の大人ね」

勇気づける言葉をあえて投げかけ、肉幹に指をそっと絡ませたとたん、澤田君は身を仰け反らせ、ペニスをぴくりと動かしました。

「うっ、くっ！　あ、あ……お、おばさぁん」

「気持ちを落ち着けて。深呼吸して」

切羽詰まった声を聞いた限り、射精寸前だったのかもしれません。

指で根元を引き絞り、私は気分を落ち着かせようとしました。

「はあはあはあ」

「……大丈夫？　我慢できそう？」

「……は、はい」

泣き顔がこれまたかわいくて、このときはペットを愛玩している気持ちに近かったのではないかと思います。

「おばさんもね、すごく昂奮してるの」

「え？」

「あそこ、見たい？」

「み、見たいです！」

「エッチしたい？」

「し、し、したいですっ!!」

「でもその前に、男と女はいろいろとしなきゃならないことがあるのよ。いきなりじゃ、動物と変わらないでしょ？」

優しく諭《さと》している私のほうが昂《たかぶ》ってしまい、気持ちを落ち着かせるのが大変でした。

「あ、あ、あぁぁっ」

上からおチ○チンに唾を垂らすと、澤田君は驚きの声をあげました。

顔はもう耳たぶまで真っ赤。ペニスは相変わらず、激しい脈動を繰り返していたんです。たっぷりと唾液をまぶしたあと、私は喉をコクンと鳴らし、ペニスに唇を近づけていきました。

汗臭い牡の匂いが鼻腔をくすぐり、懐かしい芳香に頭の芯が痺れました。

「おばさんがいいって言うまで、イッちゃだめよ」

私は最後に念を押し、おチ○チンの側面から唇と舌を何度も往復させたあと、亀頭をゆっくりと咥えこんでいきました。

「あ、あ、あふぅぅぅっ！」

なんと、初々しい反応を見せてくれるのか。

全身の筋肉が強ばり、腰を大きくよじらせ、喉が張り裂けんばかりの声を張りあげるのですから、私の性感も上昇の一途をたどるばかりでした。

若い男の子のペニスは躍動感に溢れ、口の中でビンビンと跳ね躍っていました。

私は舌で包皮を剝き下ろし、唇と口の中の粘膜を駆使してたっぷりと舐めまわしてあげたんです。

尿道から雁首、縫い目から裏筋へと、ねちっこいおしゃぶりを続けていると、澤田君の腰の震えはどんどん大きくなっていきました。

「あ、あ、あぁ」

必死に堪えているのはわかったのですが、おチ〇チンのほうはさらなる膨張を見せはじめました。

「お、おばさんっ！　も、も、もう……」

高らかな声が響き渡ると、私はほくそ笑みました。

実は、最初から一度放出させておいたほうがいいだろうと考えていたんです。

顔を猛烈な勢いで打ち振り、ディープスロートでペニスに快楽を与えると、彼は両足を一直線に突っ張らせました。

「だ、だめっ、もうだめですぅぅぅぅっ！」

私はすぐさま口からペニスを抜き取り、唾液まみれのおチ○チンをシコシコとこすりあげました。

「イキたいのね。いいわよ、たくさん出して。たっぷり出るとこ、おばさんが全部見ててあげる」

「あ、あ、あ、あおぉぉっ」

亀頭がブクッと膨らんだ直後、鈴口から濃厚な樹液が高々と噴出しました。

若い男の子の射精って、すごいんですね。

精液の量が多くて、私の頭付近まで飛び跳ねたあと、二発三発四発と永遠に放出するのではないかと思えるほどの凄まじさでした。

澤田君のTシャツは精子でどろどろ。栗の花にも似た香りがぷんと漂い、私は頭をくらくらさせました。

「はあはあはあはあ」

彼はベッドに倒れこんだあと、忙しない呼吸を繰り返しながら天井をボーッと見つめていました。

「すごいわぁ。こんなにたくさん出しちゃって。気持ちよかった？」

余裕綽々の表情を見せる一方で、私の昂奮もピークに達していました。ショーツは、すでに愛液でびちょびちょ。股布が局部にべったりと張りつき、不快感すら覚えるほどだったんです。

「シャツは洗ってあげるから、脱いじゃいなさい」

澤田君の息が整いはじめた頃、シャツを脱がせ、全裸にさせました。すべすべとした白い肌、華奢の肩、細い腰。女の子のような身体つきに、心臓は早鐘を打つばかり。しかもペニスは勃起状態を保ったままなのですから、私は完全に情欲モードへと突入していました。

ザーメンまみれのおチ○チンを口で清めながら、スカートの中に手を潜りこませ、自らショーツを脱いだんです。

「あ、お、おばさぁんっ」

再び下腹部に快楽が広がったのか、澤田君は甘ったるい声を発し、縋りつくような眼差しを向けました。

私はペニスから口を離し、ことさらあだっぽい表情で誘いをかけました。

「見たい？　おばさんのあそこ？」

「み、見たいですっ」

「ふふ、約束だものね」

私はベッドに両足を乗せ、彼の目の前でゆっくりと左右に開いていきました。

もちろんスカートは穿いたままの状態なので、女の大切な箇所は見えません。

足を開いたままスカートをゆっくりたくしあげていくと、澤田君はすぐさま四つん這いになり、鋭い視線を股の付け根に投げかけました。

「あ、あぁ……」

「どう？　これがおマ○コよ」

「す、すごいです」

次の瞬間、身体の中心部が熱くひりつきました。

娘のボーイフレンドの前で大股を開き、恥ずかしい部分を見せつける母親がどこにいるのでしょう。それでもあそこがウズウズとし、かわいいおチ○チンを早く膣の中に挿入したい気持ちでいっぱいでした。

「いいのよ、触っても」

背中を軽く押してやると、澤田君は手を伸ばし、指先でスリットを撫であげました。

「ンっ、うっ！」

とたんに快感電流が背筋を走り抜け、私はヒップを派手にわななかせました。

よほどびっくりしたのか、彼は慌てて手を引っこめたのですが、逆に私はもっと激しくいじりまわしてほしくて、つい甘えた声を発してしまったんです。

「いいのよ。遠慮しないで、もっと触っても」

澤田君は再び恐るおそる手を伸ばし、ツンと突きでたクリトリスを優しくこねまわしました。

「そう、そこ……そこが女のいちばん感じるところよ」

「おマ○コがひくひくして、中からお汁が次々と出てきます」

「女は気持ちがよくなると、愛液がたくさん出てくるの。澤田君の指、柔らかくてとてもいい感じよ。女の子だったら、みんなたまらなくなっちゃうわ」

「ホ、ホントですか?」

「ええ、実際にそうなってるんだから、自信を持っていいのよ」

彼は破顔したあと、無我夢中で指を動かしはじめました。

「あっ、んっ、くっ、ふっ、やっ、あ、はぁぁぁンっ」

あそこと悶絶する私の顔を交互に見やり、澤田君は徐々に明るい表情を取り戻していきました。

ところが私のほうは頭の芯がどろどろに蕩け、堪えきれない欲望が堰を切って溢れだしていたんです。

「ひっ！」

指先がクリトリスを押しひしゃげた瞬間、頭の中で何かが弾け、私は彼をベッドに押し倒していました。

「……あっ、お、おばさん」

本当は、正常位のかたちから、優しくリードしてあげるつもりだったんです。

本能の命ずるまま、私は澤田君の腰を跨がり、ペニスの先端を濡れそぼつ割れ目へとあてがいました。

「あ、あ、あ、あぁ」

二人の口から途切れとぎれの喘ぎ声が同時に放たれ、硬いペニスが膣の中へと埋めこまれていきました。

「ン……ン、はぁぁぁっ」

膣内を満たす久しぶりの充実感と幸福感にどっぷりと浸る一方で、澤田君はまたもや射精感を込みあげさせたのか、眉間に皺を刻んだまま微動だにしませんでした。

「あぁ、気持ちいい。硬いわぁ」

「僕も……気持ちいいです。おマ○コの中って、こんなに熱くてとろとろしてるんですね。ぐふっ！」

膣肉をキュッと締めつけると、一転して口元を歪める表情がまたかわいいんです。

「出したくなったら、出してもいいからね」

私はそう告げたあと、軽いスライドからヒップを上下に揺すりたてました。

久しぶりのセックスをもっとゆっくりと楽しみたかったのですが、カチカチの肉棒が膣壁をこすりあげる感触が心地よくて、腰の動きが自然と激しさを増していったんです。

「あぁ、あぁあぁっ！　いい、いいわぁ！　澤田君のおチ○チン、おばさんの気持ちのいいところに当たるのぉぉぉっ!!」

気がつくと、私は髪を振り乱し、ヒップをくねくねと動かしては猛烈な勢いでヒップを打ち下ろしていました。

身体が火の玉のごとく熱くなり、ブラウスの下から手を潜りこませ、自ら乳房を揉みしだいたんです。

臀部が彼の太腿をバチーンバチーンと打ち鳴らし、結合部からはジュップジュップと淫らな破裂音が延々と鳴り響いていました。

もはや、盛りのついた一匹の牝犬と言っても過言ではなかったと思います。

澤田君は少しも腰を使えず、顔を真っ赤にして息んでいました。

おそらく、射精を堪えるだけで精いっぱいだったのでしょう。

五分も経《た》たずに、恍惚とも言える絶頂感が襲いかかりました。そして、彼も性の頂《いただき》へとのぼりつめたんです。

「あ、あ、あ、あ、イキそう、イッちゃう！」

「お、おばさんっ！　僕も、これ以上は我慢できませんっ！」

「いいわ、出して！　奥にたくさん出してぇぇぇっ!!」

ヒップをグリンと回転させた瞬間、熱いしぶきが子宮口を打ちつけ、私もすぐさま恍惚の世界へと放りだされました。

仕事のことなどすっかり忘れ、そのあとは澤田君ともう一度挑んでしまい、身や心が蕩けるほどの絶頂を何度も味わいました。

若い子の精力は無尽蔵で、何度出しても勃起したままなんです。

最後は、私のほうがはしたない声をあげちゃって……。

結局、澤田君と娘が別れたことで、私は遠慮なく、今でも彼との秘密の関係を続けています。

子どもの同級生の逞しいお父さんと体育倉庫での密会を重ねる不貞妻

中川ありさ（仮名）　専業主婦　四十一歳

結婚十三年目、子どもは息子が二人います。短大を卒業後、不動産会社に入社し、社内恋愛をして結婚。男性の経験人数は、主人を含めて三人のみ。みんなこれまでにおつきあいをした人ばかりです。このようにごく普通の人生を歩んできました。でも、そんな私が、今、不倫をしているんです。そんなドラマみたいなこと……自分の身に起こるとは思っていませんでした。

不倫のはじまりは、二人の息子のサッカーチームがきっかけです。息子たちは小学校に上がると、サッカーをはじめるようになりました。地元のチームに所属したのですが、そこでは保護者に毎週当番が割り振られ、コートでの見守りや水分補給などの面倒をみることになっています。お父さんがサッカー経験のあるご家庭はコーチとして練習の面倒を見て、そうではない家庭はお母さんがスポーツドリンクの準備などをするというのが、通例となっていました。

我が家は、夫はとくにサッカー経験者ではなかったので、私が見守りを行うことになりました。それに夫はサッカーにさして興味もなく、休日は寝ていたいというタイプ。その態度を少々腹立たしく思いながらも、子どものためと思ってグラウンドに出ていました。

また、うちの場合は子どもが二人ともチームに所属したため、ひとりの子どもが所属しているご家庭よりも二倍多くコートに出なければなりませんでした。正直いって、面倒だなあ、大変だなあって思っていたんです。

でも、それが楽しみになりはじめたのは……あるお父さんにときめきを感じるようになったためでした。

下の子と同じ学年のお父さんが新しくコーチになったのですが、ものすごく私のタイプなんです。日に焼けた肌に短く刈り上げた短髪が爽やかで、笑うと笑顔がクシャッとなって子犬みたい。でも、サッカーをしているときの表情は真剣。かと思えば子どもたちに教えているときは優しく頼りがいがあり……と、私はそのお父さん――片桐《かたぎり》君のパパに夢中になってしまったのです。

片思いをして間もなくの、ある日のことでした。途中で雷を伴う大雨が降ってきたんです。危険なのでみんなで倉庫に避難しようということになりました。

そのとき、片桐君パパと隣同士になったのですが……。狭い倉庫です。肌がぴったりと密着してしまったんです。私は思わずドキドキで、かなり意識してしまったので、そのハアハアムラムラしている気持ちは相手に伝わってしまったようでした。思わず顔を見合わせて、「まいりましたね」なんて話してしまったくらいでした。

その日の夜、私はお風呂で片桐君パパに抱かれているときのことを想像してオナニーしちゃいました。

Fカップのおっぱいを両手で揉み、少し色づいた乳首をそっとつまんでやります。あっという間にコリコリに硬くなり、ツンと尖ってしまう感度のよさで、セックスのときに甘噛みされるのが大好きなおっぱいです。ぎゅっと指に力を入れると、柔らかいつきたてもちのような弾力。

——自慢のおっぱいなのに、すっかりご無沙汰だわ。

夫とはもう三年以上セックスレスで、私は自分の性欲を持て余していました。

しばらくおっぱいを弄んだあとは、シャワーを出してアソコに当ててやります。クリからシャワーヘッドを五センチくらい離して、お湯をあてるととても気持ちよく、徐々に感度が高まっていきました。

そうなると、片手でシャワーを持ち、もう片方の手でクリをイジイジするともうたまりません。

これが片桐君パパにいじられているのだったら、どんなにいいことでしょう。逞しく太い腕に抱きしめられ、汗臭いニオイに包まれながら、体中をゴツゴツとした手で撫で回されているところを想像し、

(あんっ、ヤバイッ。片桐君パパ……もうダメ、ガマンできない……)

私は二本の指をペニスに見立て、ヴァギナにズブズブと挿入していきました。

内部はすっかり熱く火照っていて、グチョグチョに潤っています。Gスポットというのでしょうか。指を真ん中あたりまで差し込むと、指先にザラザラとした感触のところがあたります。そこを円を描くように優しく撫で撫ですると、足先がピクピクしてしまうような快感が得られます。

(スゴイ……。こんなにHな汁がいっぱい出てきちゃった)

すっかり興奮している私は、いつもよりいっぱい出てくる愛液の量に、自分でも驚いてしまいました。あまりにもヌルヌルなので、今日は、指でたっぷりと内部を掻き回して、刺激することに決めました。奥の奥まで指を進めていくとコリコリとした子宮口があります。ここを刺激すると最初のうちは痛いような苦しいような気がするの

ですが、しばらく突いていくうちに、だんだんと頭が真っ白になるほどの快楽が押し寄せてくるのです。そこを思いっきり片桐君パパに突いてもらっているところを想像しながら、グッチョングッチョンと指を出し入れします。

「はぁ……あ……んっ」

まだ、家族がリビングでテレビを見ている時間です。声を漏らさないようにするのに必死です。下唇を噛み締めて私は洗い場で大きく足を拡げて座り、背筋を仰け反らせながら、快楽を追い求めていきます。

「ンッ、ングッ」

思いっきり指の動きを速め、私は絶頂に達しました。

そんなことを思いながら、しばらく湯船に浸かっていたら、その日はすっかりのぼせてしまいました。

そんな雨の日のハプニングが起きたあとから、お互いに意識するようになったのですが……。

そうなると男女は早いですね。目と目があっただけでドキドキするような、まるで高校生の恋愛のような時間が訪れました。

グリーンの芝の上でボールを追いかける姿、子どもたちに真剣な顔で指導する姿……どうしても片桐君パパの姿を追ってしまいます。

逆に、片桐君パパの視線を感じることもありました。監督や子どもたちに飲み物を準備しているとき、怪我してしまった子どもの手当をしているとき、ふっと視線に気づくとその先には片桐君パパの姿がありました。

そんなとき、ちょっと視線が絡み合うのですが……ニッコリとするのも不自然ですし、突然反らすのもおかしい感じがします。お互いにちょっと戸惑ったような表情を浮かべ、そっと視線をずらすのでした。

もしかしたら、片桐君パパも私のこと気になっているのかな……。私は確信に近い思いを抱きました。

心がキュンとしますが、子どもたちもまわりにいるし、お互い既婚者です。でも、もう後戻りできないくらい好きになっちゃったのです。

そんなことを思うようにもなりましたが、すぐに関係をもてるようなチャンスもなければ、勇気もありません。

何気ない会話やふとした仕草で好意を確かめあっている日々が続きました。

ですが、ある日、練習の後に倉庫の備品チェックをしなければならないときがありました。それはたった二人いれば足りる作業です。

片桐君パパといっしょに作業できたら、と内心ドキドキしていました。

そんなことを内心考えていたら、「このあと、予定があって」「ウチは小さい子がいるので、遠慮させてもらえませんか？」なんて声が続々と出てきたんです。

（先にやるって言っちゃえば、もしかしたらいっしょに作業できるかも？）

そんなことを考えた私は、もう必死でした。

「あの……私、特に予定ないですし、いいですよ。私、やります」

と名乗りを上げると、みんなホッとしたように「じゃ、お願いするわ」と口々に言いました。すると、他のお母さんが、

「女性だけだと大変だから、あともう一人は、どなたかお父さんがやってくれるといいわね」

なんてまるで助け舟のようなことを言い出しました。すると、片桐君パパが、

「あ、僕やりますよ。倉庫のことは何も知らないから、教えていただきたいですし」

と手を挙げてくれたのです。

こうして、片桐君パパと二人っきりになるチャンスが突如訪れました。

私たちは、ほかの保護者たちが帰ってしまうのを見送ると、さっそく体育倉庫に入りました。少し照れくさくて、

「あ……あの……片桐君パパ……作業どうしましょう？」

と言うと、片桐君パパはもう待ちきれないというように、私を抱きしめました。

「やっと二人きりになれたね。もう、ガマンできないよ。作業なんてあとでいいじゃないか」

そして私に情熱的なディープキスを交わしてきました。大きくて熱い唇が私の唇を覆います。さらに熱く火照った舌が、私の唇の間から差し込まれ、舌をからめとってきました。

私たちは夢中になってお互いの唇を、舌を求め合いました。何度も舌同士をからめながら、抱きしめあった手を互いに背にまわし、背筋やお尻を撫で上げます。

片桐君パパの身体は、想像以上に逞しく、さすがに中年のため脂肪が少しついていますが、その弾力も安心感のような魅力に感じます。

そうしている間にも、片桐君パパの手が私のおっぱいに伸び、服の上から優しく乳房に触れました。

「ああっ……」

ちょっと触られただけで、全身に電流が走るような快楽が走り、私の身体はビクビクッと反応しました。

「ねえ、我慢できないの。直接……直接私に触れて……」

私は思わずそんな恥ずかしいお願いをしてしまいました。

片桐君パパは私のニットをたくし上げ、そしてブラを外しました。

「すごい……。きれいだ。こんなきれいな身体を抱けるご主人が羨ましいよ」

「ううん。ウチ、セックスレスだから、もう三年以上もしていないのよ」

「嘘？」

「嘘じゃないわ。私、ずっと寂しくて……。あなたのことが気になるようになってから、すごく苦しかったわ」

今まで言ったことのないような照れくさいセリフがスラスラと飛び出てきました。それは、「今の機会を逃したら、もう一生本音を伝えられないかもしれない」という切羽詰まった状況だったから。それは片桐君パパも同じだったようで、

「僕も。ありささんの姿を見かけるとドキドキするようになって……。それから、ありささんを思いながら、何度も家で一人でしたよ。まるで十代の少年みたいだったな」

そんなことを言って笑顔を浮かべました。その表情がとてもセクシーで、たまらない気持ちになりました。

「ねえ、舐めさせて……」

非日常的な空間のために大胆になっているのでしょうか。今まで言ったことないようなセクシーな言葉も出てきました。私は跪《ひざまず》くと、トレーニングウエアとボクサーパンツをいっしょに下ろし、片桐君パパのペニスを取り出しました。もうすでにそれはパンパンに大きくなっていて、天に向かって反り返っていました。

「すごい。なんて立派なの」

サッカーの練習が終わったばかりでボクサーパンツからは、男の汗のニオイがむわっと漂ってきましたが、それは決してイヤなものではなく、私の性欲をさらにくすぐってくれるものでした。

亀頭に唇をつけると、カウパー精液が溢れ出していて、ちょっと離すとトローンと糸を引きました。私はわざとジュルジュルと音を立ててすすり、

「ねえ、そんなにガマンしてたの？　もう溢れ出してるわよ」

と、からかうように言いました。そして亀頭をジュポジュポとねぶりながら、同時に竿や睾丸を手のひらで優しく撫でてあげます。裏筋を指先でスッと撫でると、すぐにピクピクと陰部全体が反応しました。

「ウフッ、かわいい。こんなにピクピクしちゃって……。それにこのガマン汁、すごくおいしい」

わざとゴクリと音を立ててカウパー精液を飲み干すと、

「いやらしいなあ。そんなフェロモンたっぷりに舐められるとイッちゃいそうだよ」

と片桐君パパが言いました。

「いいわよ。イッても。でも、すぐに復活してよ。私の中にも挿《い》れてもらいたいんだから」

「今日は何度でもイケちゃいそうだよ」

と言うので、私はペニスを根元まで飲み込み、顔を前後に激しく動かしてジュポジュポとしゃぶりまくりました。同時に根元を手でつかみ、小刻みにしごいてやります。親指の腹で裏筋の付け根のところを少し力を入れてしごくと、ビクッビクッと竿全体がさらに大きく膨らみ、ドクドクという脈動を感じるようでした。

「ウッ、なんてテクニックだよ。こんなにされたら、俺、早漏みたいになっちゃうよ」

「いいのよ、出して。私の口の中にたっぷり出して」

口の中でペニスがいっそうパンッと膨らんだかと思うと、すぐにビクンッビクンッと跳ねるようにして私の口の中にドクドクッと苦くて青臭い精子が流れ込んできました。ドロッと濃くて、量もたっぷりでした。

私は口に受け取ったあと、わざと口を大きく開けて「見てみて」と言いました。が、

口に大量の精液が入っているため、

「うぃうぇうぃうぇ」

としか聞こえませんでした。でも、片桐君パパは私を見下ろし、そして口の中を覗き込みました。

「いっぱい出ちゃった。それにしてもエロい眺めだなあ。おかげですぐ勃《た》っちゃったよ。ほら」

片桐君パパのペニスは、一度は柔らかくなり、クタッと下に向かって降りようとしていたのですが、ちょうど九十度くらいになったところで持ち直し、再び天に向かって反り返っていくのでした。

私はそれを見て口の中に溜まった精液をゴクリと飲み干しました。

「ねえ、もう私ガマンできない。もう入れて……」

おねだりした私は自らデニムパンツとパンティを下ろし、体育倉庫にあった跳び箱に手をつき、腰を突き出しました。

「ああ、なんてキレイなお尻なんだ」

私の白い肌のお尻は肌がモチモチしていて本当に気持ちがいいのです。だけど、最近ちょっぴり中年太りになってしまったため、ムッチリと大きくなってしまいました。それがセクシーだと言ってくれる人もいますが、私にとってはコンプレックスでもありました。そのお尻を片桐君パパはさも気持ちよさそうにつかみ、優しく撫でてくれました。それで私のコンプレックスは少しずつ溶けていくようでした。

「大きいでしょ。恥ずかしい。すっかり太っちゃって……」

「これくらいが色っぽくていいよ。

そう言いながら、私の割れ目に亀頭をあてがうと、

「いくよ」

グッと力を込めて奥までペニスを差し込みました。

「ああ、お尻があたって気持ちいい。中もすごい締めつけだ」

すっかり根元まで収めてしまうと、おっぱいを両手で握りながら私を後ろから抱きしめました。そうしながらも、さりげなく乳首を触ってくるので、私の子宮はキュンキュンと疼き、アソコからは愛液がジュワジュワと溢れ出していくのを感じました。

「すごい。まだ全然動いていないのに中がヒクヒクしている」

「あなたの大きいのが入ってきたら、もう私の中がすごい快楽でいっぱいになっちゃって、たまらないの」

そう言いながら、私は自ら腰を動かしました。グイッグイッとペニスの根元に向かっ

て腰を押しつけていきます。

「ああ、気持ちいい。亀頭が奥の奥まで当たるわ」

そのまま腰を前後にゆっくりと振ります。プリッと張り出したカリが膣壁をゴリゴリと引っ掻くのが気持ちよく、頭がおかしくなりそうでした。

「熱いわ……中がどんどん熱くなってく。すごい、こんなのはじめてよ」

ガチガチに硬くなった棍棒が内部を行ったり来たりするのがこんなに気持ちいいと感じるのは初めてのことでした。というのも、私はこれまで中イキというものをしたことがなかったのです。

「あ……イキそう。私、中でイクのはじめてなの」

本能が赴くまま私は身体を動かしました。跳び箱の縁をギュッと摑み、前後に腰を激しく振ります。子宮口にズンズンと亀頭があたり、もう叫び出したいくらいの気持ちよさです。すでに入り口のあたりはヒクヒクとしていたのですが、そのヒクヒクはあっという間に膣全体、そして子宮全体にまで伝染し、私のお腹全体がヒクヒクと痙攣していきました。

「ああっ。イク……ッ」

「スゴイっ。中の締めつけが……あっ」

片桐君パパはただじっと奥までペニスを差し込んで、中がパクパクと動く様を楽しんでいるようでした。

「こんなに気持ちいいオマ○コは初めてだ。もう病みつきになりそうだよ。俺たち、離れられなくなりそうだと思わないか?」

しばらくすると片桐君パパはゆっくりと腰を動かし、ピストン運動を始めました。ひと突きするたびに、さっき味わったオーガズムはさらなる高みへと昇っていきます。これまでオーガズムは一度味わったらすぐに冷めてしまうものでしたが、こんなに長く、こんなに深く味わうのは初めてのことで、なんだか苦しいような気持ちになり、私は酸素の足りない魚のように口をパクパクと動かしました。

「ああ……おかしくなっちゃう。もうメチャクチャにしてぇ……っ」

そう叫ぶと、片桐君パパは腰をさらに早く動かし、中をジュプッジュプッと掻き回しました。もうすでに愛液は私の太腿を伝うほどダラダラと流れ出ています。肉と肉がぶつかりあう音、粘膜と粘膜が擦れあい液体がビチャビチャと音を立てます。その音がどんどん激しく早くなり、私たちは互いに絶頂へと昇りつめていきました。

「ウッ……」

「アアッ」

私の脳内で稲妻が走ったかと思うと、ヴァギナの中が熱く熱くなりました。

秘密の情事を楽しんだあと、私たちはのんびりと倉庫で作業を行いました。その間にもキスをしたり、イチャイチャとしていたので、作業を終えたのはすっかり夕方になってからでした。家に着くのがだいぶ遅くなってしまったと思いましたが、夫は何も気づいていないようでした。

そして今、私は片桐君のパパと秘密の関係を続けています。普通の人生を送ってきた私が、こんな大胆なことをしているなんて……。いまだに少し信じられませんが、この背徳の関係をまだしばらく続けていたいと願っています。

第二章

近親相姦のタブーに燃える肉壺

義父のマゾ奴隷として調教される巨乳主婦のレンタルペット絶頂体験

金平利恵（仮名）　専業主婦　四十一歳

子供はおらず、外資系の企業に勤めている夫と、ずっと二人暮らしでした。ところが、夫の父が二年前に奥さんを亡くし、それを機に私たちと同居することになったのです。

夫の父、義父の隆《たかし》さん（仮名）は六十五歳という実年齢からすると、かなり若々しい見た目の男性です。

身長などは夫よりも高く、体力もまだまだ残っています。問題なのは、体力だけでなく精力も残っていたということです。

同居をはじめてすぐに、隆さんが私の体をジロジロと舐めるように見つめてくることに気づきました。私の体は、どちらかというと豊満なタイプです。部屋着なんかだと、どんな服を着ていても体の線が出てしまうのです。

お尻に胸に、視線を感じる毎日でしたが、長年連れ添った奥さんを亡くして、今は寂しいんだろうと、特に咎《とが》めるようなことはしませんでした。

でも、それがよくなかったんです。

夫は仕事の関係で出張が多く、家を空けることが多いのです。そんな夫がいないある夜、隆さんは突然、私の布団の中に忍び込んできました。そして横を向いて寝ている私の体を、後ろから包み込むように抱きしめてきたのです。

「ちょっと、何を……冗談は、やめてくださいっ！」

私は驚いて抵抗しましたが、隆さんは抱きしめる腕の力を弛めませんでした。

「あんただって、私の視線に応えてくれたろう！」

隆さんはそう言って私の体を仰向けにしました。そして強引にのしかかってきたんです。私はどうすることもできませんでした。

隆さんは私の唇に唇を重ねてきました。熱い、情熱的な、むさぼるようなキスでした。首筋にも、はだけた胸にも何度も何度もキスをしました。

そしてパジャマの下を脱がして、私の固く閉じた太ももの隙間に手を入れてきました。私の足の力は、隆さんに負けてしまいました。

「んっ……あぁぁ……」

知らず知らずのうちに、私の唇からは歓喜の声が漏れていました。

けっきょく私はそのまま、隆さんに抱かれてしまったのです。

じつを言うと夫とはもう長い間セックスレスでした。久しぶりに男性に抱かれる気持ちよさに、我知らず声は大きく淫らになりました。

そして最後には、何年かぶりの絶頂にまで達してしまったんです。

それ以来、夫が出張に行くたびに隆さんが私と関係を持つのが、当たり前のことになってしまいました。

「お願いです、もうこれっきりにしてください……」

関係を持つたびに、私は隆さんにそう懇願しました。しかし私のお願いが聞き入れられることはなかったのです。

「これまでのことをいっさい、せがれに暴露するぞ。それでもいいのか」

そんなふうに脅迫までするのです。私は泣き寝入りするしかありませんでした。

それでも、隆さんのセックスがまだノーマルなものであれば私も我慢もできたと思います。でも、そうではなかったのです。

隆さんとのセックスが普通のものだったのは、初めの一回だけでした。隆さんは少しまともではない、アブノーマルな性癖の持ち主だったのです。

隆さんは私の体を叩いたり、淫らな言葉を吐いたりします。果ては縄まで自分で用意して、縛ってきたりするのです。いわゆる、SM的なプレイと言えばいいのでしょうか。そういうセックスを強要してくるのです。

初めて浴衣の紐で両手首を縛られたときの恐怖は、どう表現すればよいのかわかりません。いったい何をされるんだろう、私はどうなってしまうんだろうと、パニックに近い状態になりました。

「怖いか。こうされると、普通にするより感じるようになるんだ……」

隆さんは、身動きの取れなくなった私の下半身だけをまる裸にして、アソコに指を突っ込んできました。

「ほら……すごく濡れてきてるぞ……!」

隆さんの興奮した声に、心臓が早鐘のように鳴りました。

たしかに、自由を奪われると肉体がより敏感になるような気がしました。挿し込まれた指先を、アソコが自分から締めつけていく感じがありました。自然にそうなってしまうのです。

「んっ、あぁ……もうやめて……ああっ、んッ!!」

突然の痛みに、私は悶絶しました。隆さんが私のお尻を平手打ちしたのです。

ぱちん、ぱちんと、くり返し平手で打たれ、大きなお尻のお肉が揺らされるのを感じました。そしてそのあとには、ぶったところをしつこく撫で回してくるのです。

「痛いけど、痛いだけじゃないだろ……気持ちよくなってきてるだろう……」

隆さんはにやにやと笑いながら、私の顔を覗き込んできました。

初めのうちは、隆さんのこのような行為を理解できませんでした。

しかしこのごろはそうでもないのです。恐ろしいことに、こんな隆さんの異常なセックスに、私自身の肉体がどんどん感じるようになってきているのです。

はっきり言って、これまでの人生でしたどんなセックスよりも、隆さんとの変態的なセックスのほうが感じてしまうのです。私も表面上は、無理やり隆さんに犯されているという体裁をとっていますが、実を言うと、気持ちいいと思っています。

でも、夫のことを考えるとやりきれない気持ちになります。夫は自分の父親のことを何も疑ってはいません。ひとつ屋根の下に浮気相手がいっしょに暮らしている、という異常事態なのです。抜け出せない罠にはまり込んだような気持ちです。

先日も夫が出張中なのをいいことに、隆さんは私に襲いかかってきました。それも白昼に堂々と……。

その日の朝に夫を見送り、昼食の後片付けを済ませて、食卓のテーブルを拭いているところに、隆さんは後ろから抱きついてきました。

「あぁん……ちょ、ちょっと、こんな時間から……！」

夫のいない夜に襲いかかられることは、もうあきらめていました。でもまさかまだ明るいうちに求めてくるなんて、さすがに想定外だったのです。

隆さんは、振り向いた私の唇を吸い、こじ開けるようにして舌をねじ込んできました。唾液が流し込まれて、私の体から力が抜けてしまいました。

「ん……んん……」

隆さんの手が、私の体を服の上からまさぐってきます。

私のおっぱいは大きいので、隆さんの指先は埋もれるようです。服の上、下着越しでも、私の乳首ははっきりと感じて、尖ってしまうのです。

「あっ……そんなところまで……！」

隆さんの指先が私のスカートをめくり上げて、パンティの中に突っ込まれてきました。茂みをかき分け、割れ目に上下させるように手のひらを押しつけて動かしてくるのです。

「んっ……んっ……！」

私は口を手で押さえ、必死で声を殺しました。もし隣近所に、いやらしい声が聞こえでもしたら……気が気ではありませんでした。

「ここじゃ恥ずかしいか?」

隆さんは私の耳元に囁くと、私の体を抱きかかえるようにして床の間へと連れていきました。

「あんっ……!」

私の体が畳の上に投げ出されるなり、隆さんは襲いかかってきました。着ていた白いブラウスが乱暴に脱がされ、ブラに包まれたおっぱいがぶるんと露出しました。隆さんはそこに顔をもっていって、口でブラを咥えて、強引に引き下げてきたのです。

「あっ……んんっ……!」

飛び出した乳首に、すぐさま隆さんの舌が伸ばされてきました。

隆さんの舌の愛撫は、テクニックがすごいんです。いいえ、テクニックがどうとかいうよりも、とにかくしつこくて、いやらしいのです。根本的に、夫とは性欲の量が違うという気がします。

舌先で転がしたり、強く吸ったり弱く吸ったり、そうかと思うとそっと甘くかんできたり……それを何度もくり返してきます。

乳首を責めているあいだも、私のアソコをパンティの上から刺激してきます。

いつの間にか、隆さんの手にはバイブレーターが握られていました。隆さんは夫に隠れて、こんなものまで買っているのです。

まだスイッチを入れる前のバイブの先端で、パンティ越しの私の性器を刺激してきます。焦らしているのです。

「う……ううん……も、もう……！」

耐え切れなくなって私がせつない声を漏らすと、隆さんはうれしそうに私に笑いかけてきました。

「どうした。もう欲しいのか。濡らしちまったのか？」

私はうなずくでも、拒否するでもなく、されるがままになっています。

「どうした……ちゃんと言わんと、わからんだろうが？」

隆さんに詰め寄られて、私は小さな声で言いました。

「中に……入れてください……」

「あぁ？　聞こえんよ、そんな小さな声じゃあ……」

隆さんは私にいやらしい言葉を言わせるために、こんなふうによく意地悪をしてくるのです。バイブの先端が、さらに強く割れ目に押しつけられました。

「うあっ、んんっ……な、中に……い、入れてくださいっ……！」

私が大きな声でそう言うと、隆さんはようやく満足したようでした。そして私のパンティを横にずらし、隙間からバイブを一気に根元まで突き込んできたのです。

「ぐっ……はぁんんッ！」

バイブを挿し込んだままスイッチが入れられます。すぐに頭からつま先まで、震動の快感に支配されてしまいました。隆さんはそのままパンティを元に戻し、バイブを固定してしまいました。そしてその状態で、私にディープキスをしてきたのです。ただキスをするだけではありません。舌をからませながら、いつの間にか用意していた縄で私の体を縛りはじめたのです。

「ぐっ、ふっ、……あああぁッ!!」

私の心と肉体が翻弄されました。何の抵抗も許されないまま、体の自由が奪われていくのです。

衣服が肌に残されている半裸の状態で、赤い縄が巻きつかれていきます。肌に喰い込んでいくのには、確かに痛みも感じます。でもそれ以上に、他の何かでは代わりにならない大きな安心感を私に与えてくれるのです。

私の両腕は後ろ手に縛られました。

股間にも縄がくぐらされ、最後に体の後ろで引き絞られたとき、強くクリトリスを

刺激してきました。あらかじめ縄に結び目がいくつもつくられていたのです。

太ももの肌の上にも、何本もの縄が走っています。もう逃げ出せません。

「お願い……痛くしないでぇ……」

私は涙目になって隆さんを見上げました。でも、隆さんが容赦しないことは、私にもよくわかっていました。

「うっ……ぐっ……」

私の口が、いきなり隆さんの肉棒で塞がれました。

そして、パンツから取り出した物を、前触れもなく口の中にねじ込んできたのです。

蒸れた匂いが口の中から鼻腔まで充満しました。存分に腰を押しつけたあと、隆さんは肉棒を私の唇から引き抜きます。

「げほっ……！」

私の口から唾液がこぼれ落ちました。

「ほら、ちゃんと舐めなさい」

隆さんがふたたび私の顔に肉棒を押しつけてくると、私は自分から舌を伸ばしました。そして下から上に舐め上げるように、舌を這わせたのです。

「おうおう……上手《うま》いじゃないか、その調子だぁ……」

頭の上から、隆さんの満足そうな声が聞こえてきます。その声を聞くと、私はうれしくなってますます舌先を激しく動かしてしまうのです。私はもう、身も心も隆さんの奴隷になってしまったのでしょうか。

肉棒を舐めている間も、ずっと、股間のバイブは私の下半身を刺激し続けているのです。自分の体液が外に溢れ出しているのが、見なくてもわかります。きっと畳にまでしみていることでしょう。私の体液は、隆さんに指摘されて初めて知ったことですが、量が普通よりも多いのだそうです。

(あぁ……今日もこれから、隆さんに何度も何度も、犯されてしまうんだ……)

その時点では、そう思っていました。しかしすぐに、自分の考えがどれほど甘かったのかを思い知らされることになったのです。

身動き取れない私の耳に、突然玄関のチャイムの音が聞こえてきました。

私は全身をビクッと大きく痙攣させせました。

(まさか……夫が何かの都合で早く帰ってきたんじゃ……!)

一瞬のうちに、いろいろな想いが頭の中を駆け巡ります。火照った体がさっと冷めました。焦る私を尻目に、隆さんは動じる気配もなく、玄関のほうへ向かいます。

玄関口で、慣れた調子で会話をしている様子が聞こえてきました。隆さんはそれほど近所づきあいをしてはいないので、これはおかしいと思いました。

さらに驚いたことに、どうやら隆さんはその訪問者を家に上げたようなのです。

（ちょっと、私をこんな状態にしたままで……！）

床の間の入り口に、訪問客を従えた隆さんが現れました。

「おぉい、お客さんだ」

隆さんの後ろには、隆さんと同年輩の男性が二人、立っていました。

ギラギラとした目で、私の痴態を見ています。私は声をあげることもできず、頭の中がパニック状態になりました。

隆さんは卑しい笑みを顔に浮かべながら、私に言いました。

「俺の友だちでね。こいつらにも楽しませてやろうと思って……」

私は驚きと絶望で、ただ唇を震わせるばかりでした。

隆さんの友だちと呼ばれた男性の一人が、部屋に入ってしゃがみ込み、私の顔を覗き込んできました。

「はぁ～……、ほんとうにいいんですかね、こんなキレイなお嫁さんを……」

男性の目は、露《あらわ》になった私の肌を舐めるように見つめてきます。

縄で縛られて強調された乳房に、その先端で尖っている乳首に……そして太ももの間で鈍い音を立てているオモチャに……。一度は恐怖に冷え切った自分の肉体が、羞恥心でふたたび熱くなっていくのを感じました。

「面白いものが、入っていますねぇ……？」

パンティの中のバイブに目をつけたその男性は、パンティの股布をずらし、それをつかんで前後に動かしはじめました。

「あっ……んんあっ、や、やめてぇ……！」

私が抵抗しても隆さんは助けてくれません。それどころか、男性たちと隆さんの間では完全に話がついているらしいのです。

後ろに立っていたもう一人の男性は、一言もしゃべらずに畳に座らされている私の近くまでやってきて、ズボンのチャックを下ろし、ペニスを突き出してきました。

「い、いやぁ……ふぐぅッ!!」

私の鼻が摘み上げられ、息もできずに開かれた口の中に、熱いペニスが押し込まれました。両手足の自由を奪われている私には、どうすることもできなかったのです。

「どうです、気持ちいいでしょう？」

隆さんは得意げに言いました。

いま初めて会ったばかりの男性に口に犯され、惨めな気持ちになりながらも、私の体は喜んでいました。バイブを出し入れされる私の性器からは、グチュグチュといやらしい音がしてくるのです。やっぱり、人より体液が多いのです。

「こんなにめくれ上がって……ドロドロの、真っ赤なオマ○コですねぇ……あっ、また奥からこんなに溢れてきた……噂以上のスケベですねぇ……」

バイブを握りしめている男性は饒舌で、私を責めながらこんないやらしいことばかり言ってきます。それとは逆にもう一人の男性は不気味なほど無口で、ひたすら私の口にピストンをくり返すのです。

やがて、「うっ」というくぐもった声が私の頭上から聞こえてきました。

私の口の中で、発射してしまったのです。それでもその男性は私の口からペニスを引き抜きません。私は出されたものを吐き出すこともできず、飲み込むしかありませんでした。

「ありゃあ……もう出しちゃったんですか……じゃあ、隆さん、うちらで満足させてあげなきゃいけませんなぁ……」

バイブを弄っていた男性は私の体を仰向けに寝かせました。

そして上向きになった私の股間に顔を近づけて、バイブを抜き取りました。

「うぅ……はぁぁ……」

ようやくバイブの震動責めから解放された私のアソコに、今度は饒舌な男性の唇と舌先が襲いかかってきました。熱く茹で上がったような肉のひだに溜まった体液を舐めとろうと、しつこく円を描くように舌先を這わせてきたのです。

「くっ、ふっ、あ、あんッ……！」

快感と不快感が入り混じった異常な感覚に私が身をのけ反らせると、体を縛っている縄がさらに深く私の肌に喰い込んできました。あまりの痛みに顔をそむけると、今度は隆さんの肉棒が目の前に突き出されました。

隆さんは躊躇なく私の口の中にペニスをねじ込みます。熱くて硬くて、とても七十代の男性の性器とは思えません。

隆さんは口に咥えさせたまま、私の体をひねり、うつ伏せにしてきました。しかし後ろ手に縛られているので、四つん這いになることもできません。

私のアソコを舐めていた男性は突き出された私のお尻をつかみ、揉んできました。

「いいお尻ですなぁ……」

「叩いてみてください。いい声で鳴きますよ」

隆さんに言われて、男性は私のお尻を強く平手で叩きました。

「あぅんんッ……！　くふぅうんんッ……！」

私はお尻をぶたれるたびに体をくねらせ、叫びました。男性客は興奮したのか、叩く力がどんどん強くなっていきます。

「こりゃあ……もうガマンできないですねぇ……！」

男性が私のオマ○コを指先でほじくってきました。愛撫などというものではありません。本当に「穴をほじくる」という感じで節くれだった指が侵入してきたのです。

「ぐっ、ふぅぅ……ダメぇ……！」

もういっそのこと、早くペニスで犯されたいという気持ちでした。こんな無神経に指で性器を蹂躙されるくらいなら、ペニスのほうがマシだと思ったのです。

「お願い……もう……」

私が言い終わる前に、男性は私のアソコにペニスの先端をあてがっていました。そしてうつ伏せになっている私の腰をつかんで、ぐっと前に突き出したのです。

「あぐっ、うあぁ……！」

一気に根元まで貫通されました。男性は私の体の内側を舐め上げるように、ネットリと腰を動かしてきます。私の体は、その動きに反応してしまうのです。

「どうだ？　気持ちいいか？　気持ちいいんだろう？」

隆さんはうれしそうにそう言いながら、私の口を犯しつづけます。私の頭をつかんで性器にするのと同じような強さで、腰を激しくぶつけてくるのです。

私のアソコを犯している男性の腰の動きがどんどん速くなっていきます。

(ダメッ……中には……！)

しかし私の口は隆さんに塞がれていて、何も言うことができません。

「おぉぉ……締まるぅ……イクぅ……！」

男性はとうとう、私の膣内に熱い精液を発射してしまいました。

ペニスが引き抜かれた瞬間、ドロリと体液が逆流してこぼれ出すのを感じました。

そして隆さんもまた、私の口の中に精液を放出したのです。

「ぐぼぉ……！」

隆さんのペニスが口から引き抜かれ、精液を吐き出す私の目の前に、あの無口な男性が立っていました。その男性は無言のまま、自分のペニスをしごいて私の顔の前に突き出していたのです。

「いやぁ……いやぁ……！」

私の顔面に、熱い体液が吐きかけられました。逃げ出せない私は、それをただ受け止めることしかできなかったのです……。

高校生の甥っ子に性の手ほどき 好奇心はやがて欲望へと変わり……

水原桐子（仮名）　無職　四十二歳

姉の息子が私に憧れているのは知っていました。どうした加減か、小学生くらいの頃から二十歳も年上の私に執心していて、将来楽しみだとか何とか、冗談のネタにはしていましたが、まさか、本当に甥っ子と男女の関係になるとは思ってもいませんでした。

東京で長らく会社員生活をしていた私でしたが、上司との不倫が会社にバレて、不本意な転属を命じられました。上司のほうはおとがめなしで私だけが実質的な懲戒処分というのは、明らかに男女差別であり、セクハラとも言えます。裁判すれば勝てるかもしれませんでしたが、思い切って退職しました。

何をするという展望もなく、それまで住んでいたマンションも解約して、郷里に帰りました。六十半ばの父は健在で、姉夫婦とともに町工場を経営しています。父の仕事を手伝うという選択肢もないわけではありませんでした。

高校生になっていた甥は、相変わらず私に好意を持っているようでした。それも、より具体的で性的な好意。茶化して遊ぶのもはばかられるくらいの、真剣な恋のようでした。私としては、それはさすがに困ります。

洗濯物の中から私の下着を盗んだことをきっかけに、これはしっかり釘を刺しておこうと、甥の部屋に行きました。説教じみたことを言う私に、甥は意気消沈して、そんな姿を見ると、それはそれで可哀相になり、可愛くも思えました。

だから私は、二度と泥棒みたいな真似をしないと約束するならキスしてあげる、と言ってしまいました。

キスは唇が触れ合うだけの軽いものでしたが、キスはキスでした。彼がおずおずと肩に回した腕に、意外にも力強い男っぽさを感じてしまったのも確かです。そう。今度は私のほうが妙に彼を意識してしまうようになったのです。

昼間、父も姉夫婦も工場に出ていて、母は用事で親戚の家に出向き、家には私と甥っ子のふたりきりでした。

これはまずいと思いました。何か無理やりにでも用事を作るか、姉夫婦といっしょに工場に行けばよかったのでしょうが、それをしなかったのは、私にも期待があったからかもしれません。

恐れたとおり、あるいは期待したとおり、甥っ子は私の部屋を訪れました。

「どうしたの？」

じっと私を見つめる甥っ子に私はそうたずねました。

「もう一度、キスがしたい」

真剣な表情に、私は断ることができませんでした。

「……仕方ないね。じゃあ、キスだけだよ？」

私がそう言い終るのを待たずに、甥っ子は私の肩に手を伸ばして抱き寄せました。

「あ、んん……。むぅふぅ……」

もう唇が押しつけられていました。あまりの勢いに、私は固く閉じていた唇を開けて、ため息を漏らしました。

その隙間に入り込もうとする彼の舌を、私は拒めませんでした。

「あ、ああ。……あむぅう」

舌先は私の唇を割って、歯をこじ開けてさらに中へと侵入してきました。舌に乗って唾液が口移しで流し込まれました。甥っ子の若い唾液は、充分に男っぽさを備えながらも、どこか幼さを残す、少年特有のものでした。私はその味が嫌いではありませんでした。

おずおずと彼の舌先が、私の口中を探り、舌をまさぐります。私の舌に応えてほしがっているのがわかりました。私はやっぱり拒めず、彼の舌に自分の舌をからませました。口の中に唾液が湧き、彼の口に流れ込んでいるのが自覚できました。

先日の軽いキスとは違う、官能的なキスでした。

「あふぅうう、んんんんんんん……」

甥っ子の腕が背中に回され、私は抱きすくめられる格好になっていました。身動きができないくらいの強さでした。

「ねえ、苦しいよ……」

私はキスを受け入れながらも、そう言いました。でも、彼の腕から力がゆるむことはありません。

「だって叔母さん、逃げちゃうでしょ?」

甥っ子はそう言って、さらに私を抱きしめ、熱烈に唇を押しつけてくるのでした。

「逃げないから。だから、離して。お願い」

私はそう言って、両手を突っ張って、甥っ子の身体を離しました。

「ホントに逃げない? もっとキスしていい?」

甥っ子の言葉に、私はうなずくしかありませんでした。

でも、もちろん、キスだけではすみませんでした。背中を撫でさすっていた彼の手が、腋をくぐって胸をまさぐりはじめたのです。

「ダメ、それはダメ」

「どうして？」

「どうしてって。ダメだからダメなの」

「でも、触りたいんだ。お願い。逃げないって約束したじゃない」

そう言われると、それ以上は拒めませんでした。黙り込んだことを許可と受け取った甥っ子の手が、私の胸を撫でさすり、揉みしだきました。

「あ、あんん。んあぁあふぅう……」

思わず甘い声であえいでしまいました。意図しないあえぎ声でした。甥っ子が聞き流してくれるわけもありません。

「気持ちいいの？」

「そうじゃないけど……」

「じゃあ、今の何？　すごくエッチな声が出てたけど？」

「そりゃ、胸を触られたら、声くらい出るよ……」

私はそう言うしかなく、やはり甥っ子は揚げ足を取ってきました。

「ようするに気持ちいいんだよね？」

喜び勇んで甥っ子はさらに激しく私の胸を揉んできました。それは強すぎる力でした。

「痛い。ちょっと、そんなにしたら痛いよ」

私の強い口調で、甥っ子は手を止めました。

「しょうがないよ。俺、はじめてなんだから」

すねたようにそう言う甥っ子は、やっぱりまだまだ子供でした。

「もっと、優しくして。男の子の武骨な身体と違って、女の身体は柔らかくて、弱くできてるの」

甥っ子は、素直にうなずくと、また、胸を揉んできました。さっきよりはずいぶんとソフトタッチになったようでした。教えればできるのです。だったら、誰かが教えてあげなくては。

「そう。上手だよ。それくらいなら痛くないし、気持ちいいよ」

もちろん、それですむわけがありませんでした。そこまで許せば、つけあがるのが男の子です。

「見たい。それに、直《じか》で触りたい」

私は仕方なくうなずいて、セーターを脱ぎました。ブラジャーが露《あらわ》になりました。

「これも、はずしていい？」

甥っ子はブラジャーに手を伸ばしましたが、案の定、どうやってはずしていいか、よくわからないようでした。

私は彼の手を押さえて、自分で背中のホックをはずしました。甥っ子の目の前に、私の生の乳房がさらされました。

「そんなにじろじろ見ないでよ……」

思わず両腕をかき合わせて乳房を隠しましたが、甥っ子はそれを許しませんでした。

「嫌だよ。隠さないでよ」

甥っ子は私の両手首をつかんで、強引に胸を隠す腕を引き剝がしました。

「ねえ、触っていい？」

嫌だと言って、言うことを聞く甥っ子ではありません。

「優しくだよ？」

私はそう言うしかありませんでした。

甥っ子は、両手で乳房をおおうようにしてきました。指先が乳首に触れ、私の性感神経を刺激しました。

「はぁあんんんんんん……」

またあえぎ声が漏れて、甥っ子は気をよくして、愛撫に没頭しました。私の身体を抱き寄せると、胸に顔を埋《うず》めて、乳房に頬ずりしてきました。そして、乳首を口に含んで、吸いつきました。

「あぁぁあああああッ！　はぁあぁんんんんんッ！」

こういう愛撫を、男の子はどこで覚えるのでしょうか。アダルトビデオや、エロ動画の類から学ぶのでしょうか。それとも、本能的に身についているのでしょうか。とにかく私は、甥っ子のされるがままになって、乳房を中心にじわじわ広がっていく官能に身をゆだねていました。

乳首に吸いつきながら、甥っ子は乳房を揉みしだいていましたが、もう一方の手を下方へと伸ばしてきました。スカートの中にもぐり込ませるつもりなのです。

私は慌てて、その手首をつかんで押しとどめようとしました。今、アソコをまさぐられては、私のアソコが愛液を垂れ流しているのがばれてしまいます。

そうです。陰部は、キスで舌を差し込まれたときから、もうとっくに愛液を滲ませ、今や下着にじっとりと染み込んで、失禁したかのようになっていました。

この状態を甥っ子に知られたら、最後まで求められてしまうに決まっています。それは何とか阻止しなくてはなりません。

「お願い。そっちは触らないで？」

でも女の力は弱いものです。甥っ子は私の抵抗をものともせず、スカートに手を差し入れ、指先を股間に到達させました。

「はぁうううんんんんんッ！」

私は大きくあえいで、身をのけ反らせました。甥っ子の指が下着越しに、クリトリスを直撃したのです。

「すごく濡れてる」

やはり、ばれてしまいました。

「女の人って、気持ちいいと濡れるんだよね？　叔母さん、こんなに濡らして。すごく気持ちいいんだね？」

勢いづいた甥っ子は、そのまま、私の身体をベッドに押し倒しました。

「ねえ、待って？　お願いだから、待って。射精させてあげるから。だから、最後まではダメ」

私は夢中でそう言って、彼の猛攻を押しとどめました。何とか最後の一線だけは越えてはいけない。そう思いました。

甥っ子は不服ながらも、射精欲求を堪えられなかったようで、おとなしくベッドに座ってくれました。

仕方なく、私は彼の両脚の間にひざまずきました。

「脱がすよ?」

彼のズボンを脱がすと、すでに若々しくも勃起したおち○ちんがブリーフをテント状態にしていました。私は、ブリーフも脱がしました。滑稽な動きで、ペニスが飛び出しました。

恥ずかしくて甥っ子と目を合わせることもできない私は、頭上に彼の視線を感じながら、肉茎に指をからませ、ゆっくりとしごきはじめました。

「ああ、気持ちいいよ……」

甥っ子が熱い吐息を漏らし、私の胸を熱くしました。そんなふうに喜ばれると、やはりうれしいものです。

「手でしごくのと、口でするのとどっちがいい?」

私はそう聞きました。

「口でしてくれるの？」

そこまでは期待していなかったらしい甥っ子が身を乗り出して言いました。私はちょっと後悔しましたが、もうあとには引けません。

私は、彼の股間に顔を埋めて、フェラチオをはじめました。舌を這わせて、根元から先端までを唾液まみれにし、亀頭を口一杯に頬張りました。

絶頂はすぐに訪れました。甥っ子の腰にぐっと力がこもると、もう射精していました。

「くうッ！」

短いうめき声をきっかけに精液がほとばしりました。私はこぼさないようにすべてを口で受け止めました。ベッド脇のティッシュペーパーを引き抜いて、そこに精液を吐き出しました。粘度の高い白濁液は、びっくりするほどの量でした。

「いっぱい出したねえ」

私は、甥っ子に微笑みかけました。でも甥っ子は笑顔ではなく、まだ、切実な表情のままでした。

「僕のだけ、叔母さんにイカされて、ズルイ」

甥っ子はそう言いました。

「僕も叔母さんのアソコを舐めたりして、イカせたい」

抜いてあげれば落ち着くはず、そんな私の読みは大きくはずれました。甥っ子の欲情というか恋心は、射精すればそれでいいというものではなかったのです。自分だけが満足するのではなく、私にも満足を与えたいと思っていたのです。

場所を交代して、私がベッドに腰掛け、甥っ子が床にひざまずいて、私の両脚を抱え込みました。私はパンツを脱いで、性器を甥っ子の目の前にさらしました。

「スゴイね……」

それが、はじめて女性器を目の前にした甥っ子の感想の言葉でした。

今の時代、その気になれば、ネットでいくらでも無修正の性器を見ることができます。でも甥っ子は、あまりそういうタイプではないらしく、掛け値なしの初見のようでした。

「優しく触ってみて?」

私がそう言うと、甥っ子はおずおずと手を伸ばし、指先で私の性器に触れました。大陰唇をかき分け、小陰唇、膣口をなぞり、クリトリスに至りました。

「あぁあああああああああッ!」

背筋を快感電流が走って、大きくのけ反って叫びました。私の反応のあまりの大きさは甥っ子を驚かせてしまったようです。思わず手を引っ込めて、私の顔とアソコを見比べました。

「ううん、いいの。いいんだよ。気持ちよかったの」

私が微笑みかけると、安心した甥っ子は改めて性器に手を伸ばしました。

「セックスって、ここに、おち○ちんを入れるんだよね？」

「そうよ。指を入れてみる？」

甥っ子はうなずくと、膣口に愛液の馴染んだ中指を挿入しました。

「はあぁあああぁぁんんんんんんん……」

深い快感が私の全身を包み込みました。

「そう。……乱暴にはしないでね。ゆっくり。優しくだよ。そう。もっと、奥まで入れてみて。奥が気持ちいいの。それで、前側。下腹の裏側を探る感じで」

私は甥っ子の指を誘導して、膣内の敏感ポイントを探らせました。甥っ子は私の微妙な反応の違いを確かめながら、性感を探ります。

「あ、そこ。それ、イイ……ッ！」

やがて、甥っ子は一番感じるポイントを探り当てて、そこを集中的に刺激しました。

びっくりしました。甥っ子の指使いは、なかなかのものなのです。ぎこちなさはある

ものの、繊細で、的確でした。

実は、適当にやりたいようにやらせて、絶頂の振りだけして誤魔化そうとも思っていたのです。まさかこんなに本気で感じさせられることになるとは、思ってもいませんでした。

「ああ、気持ちいい。そう。上手だよ。あぁあああああああ……」

私の腰は刺激にびくびくと飛び跳ね、くねくねとうねりました。

「ねえ、叔母さんのここ、舐めてもいい？」

甥っ子は、私の返事を待たずに女陰に唇を押し付けました。

「じゃあ、クリを舐めて？　クリトリス、わかる？」

私は自分の股間に手を伸ばし、指先でクリトリスを示して、その包皮を剥いて、生身の陰核をさらしました。甥っ子は、中指を膣内に挿入したままで、クリトリスに舌を這わせて舐め、唇をすぼめて吸いつきました。

「はあぁああああああんんんんんんんッ！」

絶頂はもう目の前でした。甥っ子の舌は、柔らかく、なめらかで、それでいて力強く、これまで経験したどんなクンニより、気持ちよかったのです。

「そう。クリを刺激しながら、中の指も動かして？　できる？　そう。それ。それがイイの。イイよ。すごく上手だよぉう。もっと、もっとしてぇえ」

このままいイキたい。そう思いました。実際、昇りつめる寸前でした。

でも、何を思ったのか、甥っ子は、そこでクンニをやめてしまったのです。

「え？　何？　どうしたの？」

私はイキかけのところを中断され、恨みがましい目を甥っ子に向けてしまいました。でも、そこにあった彼の目には切実に決意が込められていて、私は絶句するしかありませんでした。

「ち○ちん、入れたい。叔母さんと、ひとつになりたい」

甥っ子はそう言いました。もう、私には断れませんでした。

最後の一線だけは越えてはいけない。そう思っていました。でも、そんなふうに見つめられて、断れるものではありませんでした。

いいえ、そうではありません。正直に言います。私は、絶頂寸前のままで、行為をやめる気にはなれなかったのです。

「いいよ。来て？」

私はそう言うと、ベッドに身を投げ出し、甥っ子を誘いました。素晴らしい若さでとっくに復活し、立派な勃起状態となったペニスを振り立てて、彼は私の肉体に挑んできました。

ぐちょぐちょに愛液まみれとなり、指でかき回されてぱっくりと口を開けたアソコです。誘導の必要はありませんでした。私のアソコは、はしたなくも恥ずかしくも、簡単に彼の怒張を迎え入れました。

「んあぁあああああああああッ！」

私は悲鳴のようなヨガリ声を叫んでいました。ケモノじみた本能の叫びでした。

私は、もう叔母と甥の関係も忘れ、自分が二十歳も年上であることも忘れ、プライドも何もなく、ただ、ひとりの女、一匹のメスとして、ヨガリ狂い、イキまくったのでした。

それ以来、彼は毎日私の肉体を求めました。高校生の性欲というものはこんなにも激しいかと呆れるくらいでしたが、そこまで熱心に求められると、自分がとても価値のある存在になった気がしてうれしくもあるのでした。

会社にも、上司にも必要とされなかった私を必要としてくれる甥っ子を、私も必要としていたのです。

私たちは家族の目を盗んで、風呂場、夜中の寝室でセックスを繰り返しました。何度も何度も交じわり合い、愛し合いました。

結局、姉が母親の敏感さで、私と甥っ子の関係に気づいて、それで関係は終わりました。振り返ってみればわずか二カ月くらいの関係でした。

私は、東京に戻り、新たなワンルームを借りて、以前の取引先に紹介された会社に就職しました。独身で同い年の同僚と付き合うようになり、実はプロポーズもされています。

今年の正月に帰省した際、甥っ子は相変わらずの熱い視線を投げかけてきました。東京の大学を受験すると言っていました。そうなれば、また関係が復活するのではないかと姉は心配しているようですが、誰よりも心配しているのは私自身なのです。

自分に嘘はつけません。どれだけ否定しても、もう一度、若い甥っ子に肉体を激しく求められ、自分もその激情に溺れてみたい、私がそう考えているのは確かです。私の心は私が一番よく知っているのです。

義弟の部屋を掃除している最中にアナルもののマニアAVを見つけて……

矢野美穂(仮名) 主婦 三十八歳

仕事熱心で温厚な主人との夫婦仲もよく、二人の子供にも恵まれ、何の不満もない幸せな結婚生活を送っています。

そんな私が最近、よりによって主人の弟と道を踏み外してしまいました。

今日はそのことを告白させてください。


主人の弟は亮介《りようすけ》さんといいます。

彼はとても高学歴のエリートで、大企業の研究室に勤務しています。

ただ根っからの理系人間で、人付き合いがとても苦手のようでした。

結婚前に主人から初めて亮介さんを紹介されたときも、彼は私と目を合わせることもできず、なんとか会釈するのが精一杯でした。

そんな性格ですから、三十五歳になった今でも結婚はおろか、彼女の一人さえいないのです。

「亮介の奴は、研究、研究で、放っておくと部屋がゴミ屋敷みたいになってしまうんだよ。すまないけど、ときどき掃除にでも行ってやってくれないかな」

ある日主人は申し訳なそうに、私にそう頼みました。

十歳も年の離れた弟のことを、内心心配していたのでしょう。

亮介さんは、私や子供の誕生日にはかかさずプレゼントを贈ってくれるなど優しいところもあり、私は彼のことを決して嫌いではありませんでした。

亮介さんの住んでいるアパートも隣駅ということもあり、私は快く主人の申し出を了承したのです。

(まぁ、そのうち掃除してくれる彼女くらいできるでしょう……)

でも、それは大きな間違いでした。

草食系の亮介さんに恋人ができる気配はいっこうになく、結局このまま……私は一年以上も彼の部屋を掃除するはめになったのです。

そして、問題の事件が起こったのは一カ月前ほどのことでした。

私はいつものように、亮介さんの部屋を掃除しにいきました。

その日、亮介さんは有給休日だったようで家にいました。

「あ～、またこんなに汚して！」

見渡すかぎり、脱ぎ散らかした服や読みかけの本が散乱し、まさにゴミ屋敷の雰囲気を醸し出しています。

「あっ、お義姉さん、来るときは連絡してくださいよ」

亮介さんはそう言うと、慌てて周りを片付けはじめましたが、そんなことをしても焼け石に水の散らかりようです。

「いいから、いいから。少しお出かけでもしてきて」

「い、いつも……すみません」

亮介さんがいても掃除の邪魔になるだけなので、私は彼を近所のファミレスに追い出しました。

私は元来きれい好きなので、掃除に来たときはいつもピカピカにして帰ります。

それにしてもよくもまぁ、悪い意味でここまで原状復帰できるものかと苦笑いが込み上げてきました。

「さて、やりますか！」

私は髪を縛り、腕まくりをすると、掃除を始めました。

まずは洗濯です。脱ぎ散らかしてある服を集めと、一気に洗濯機に投げます。

その間に部屋中くまなく掃除機をかけ、終わると雑巾で拭き掃除をします。

すると、亮介さん愛用の木製の机を雑巾で磨いているとき、私はあることに気づきました。

いつもはしっかりと鍵がかかっている引き出しが、拭いているとスッと動いたのです。

あのズボラな亮介さんが、いつも神経質に鍵を掛けている引き出しです。

きっと会社の重要な書類などが入っているんだろうと思っていました。

でも、もしかしたら、出せなかったラブレターなんか隠してたりしれない、と思うといたずら心が芽生えてしまったのです。

一度めばえてしまった好奇心を抑えるのは、なかなか難しいものです。

私はいけないと思いつつも、つい引き出しの中を見てしまったのです……。

私は自分の目を疑いました。そこには……びっしりとアダルトＤＶＤが詰め込まれていたのです。

亮介さんも三十歳を過ぎた健康な独身男性です。普通なら、それほど驚くことではありません。問題はそのタイトルでした。

『アナル○○』

『肛門××』

『尻穴△△』

『菊門□□』

……見事にそのすべてが、後ろの穴に関するものばかりだったのです。

どうやら亮介さんは、いわゆる〝アナルマニア〟という人種のようでした。

あのマジメな亮介さんが、まさかこんなものが好きだなんて……。あまりに予想外の事実に、私は激しく動揺してしまいました。

私は奥手なタイプなので、結婚前にエッチの経験もほとんどありません。もちろんお尻のエッチなんて未経験です。

主人も夜の生活は淡泊なほうで、子供が生まれてからはすっかり回数も減って、今ではほとんどセックスレスの状態でした。

そんな私ですから、目の前の未知の世界につい興味が湧いて、ＤＶＤを手に取ってしげしげと見てしまったのです。

どのパッケージを見ても、綺麗な女の人がお尻の穴にオモチャを入れられたり、ひいてはオチ○チンを入れられたりしています。

（こんなところに……。いったいどんな感じなのかしら？）

どの女の人も、一様に気持ちよさそうな顔をしています。不思議と不潔な感じはしませんでした。それどころか、胸がドキドキするのを感じていたのです。

そんなとき、突然玄関の扉が開く音がしました。慌ててＤＶＤを元の場所にしまおうとしましたが、とても間に合いませんでした。


「あぁ……やっぱり」

すごい勢いで部屋に入ってきた亮介さんは、顔面蒼白でそう呟きました。

「ご、ごめんなさい。引き出しの鍵が開いてたから、その……」

私の手には、まだお尻のＤＶＤが握られたままです。

二人とも無言で、気まずい空気が流れます。

どれくらい時間が経《た》ったのか、やがて亮介さんが口を開きました。

「すみません。軽蔑しますよね……」

「そんな……ちょっとびっくりはしたけど……」

「僕、なぜか昔からそういうのが好きで……」

「…………」

何と答えていいのか、わかりません。

「気持ち悪いですよね……」

「そんなこと……ないわ。人それぞれじゃない」

本心でした。それに亮介さんの誠実な人柄を知っているせいか、嫌悪感もありませんでした。

「亮介さんは、その……こういう経験はあるの？」

「ないです。それどころか……こんな趣味がバレたら嫌われてしまうんじゃないかと、恋人も作れませんでした……」

よく見ると、亮介さんは肩を震わせ、少し涙目になっているようでした。

きっと真面目な人だから、今までずっと苦しい思いをしてきたんでしょう。

「身内に……こんな変態がいて、すみません」

かける言葉が見つかりませんでした。

そして、気がつくと私は、亮介さんを抱き締めていたのです。

血の繋がりはないけれど、私は亮介さんのことを、いつしか実の弟のように思っていました。

アブノーマルな性癖に囚われ、誰にも相談できず悩んでいた亮介さんのことを、とても哀れに思いました。

義姉として、何とか彼を救ってあげたい。強くそう感じたのです。

私は自分のFカップの胸に、亮介さんの顔を強く押しつけました。

「……お、お義姉さん？」

そして呟いたのです。

「一度だけ、試してみようか。私じゃイヤ？」

亮介さんの震えが、ピタッと止まりました。彼は混乱しているようでした。

「そ、そんなことは……。でも……」

亮介さんが狼狽するのも当たり前です。

彼にとって私は兄の妻。私にとって彼は、愛する主人の弟なのですから。

でもいろんな感情が入り交じって、私はもう歯止めが利きませんでした。

私は自分から亮介さんに唇を重ねると、耳元で囁きました。

「……先にシャワーを浴びてきて」

密着した体越しに、彼の鼓動が早くなるのを感じました。

私の心臓も、これ以上ないほど早鐘を打っています。

はっきりした言葉こそ交わさないけれど、お互い求め合っているのがわかりました。

バタバタとバスルームへ消えた亮介さんの背中を見送ると、私はベッドをメイキングしました。

体が熱くなり、まだ何もしていないのにアソコが潤んでいくのが、自分でも感じられました……。

私がシャワーを浴びて戻ると、亮介さんはバスタオル一枚でベッドに腰かけていました。

「お義姉さん、本当に……いいんですか？」

不安そうな声です。

「亮介さんは利口だから頭で考えすぎるのよ。実際に経験してみたら、こんなもんかって感じで、興味を失うかもしれないし」

「じゃあ、お願いします」

「私もしたことがないから不安だけど、やってみましょ」

バスタオルを取り全裸になると、私たちはベッドの上で抱き合いました。私にとっても久しぶりの人肌の温もりに、体がとろけていくようでした。ぎこちないキスで、

亮介さんの鼻息が荒くなっていきます。絡め合う舌は夫のそれとは違って、タバコの匂いがしませんでした。

舌といっしょに互いの興奮も絡み合い、私は大胆になっていきました。

こうなるのにいろいろと理由をつけましたが、もしかすると自分自身性欲が強いのかもしれません。

オチ○チンが触りたくて仕方なくなってしまい、私は亮介さんの下半身にそっと手を伸ばしました。

緊張のためか……それはフニャフニャでした。

女としてのプライドにめらめらと火がつきました。

「気持ちよくしてあげるね」

首筋から乳首、そして下半身へと、私は亮介さんの体に舌を這わせました。

夫との行為ではいつも受け身なのに、こんなことができる自分に内心驚きました。

柔らかいままのオチ○チンを口に含むと、私はクチュクチュとおしゃぶりしました。

同時にタマも優しく揉んであげます。先走ったヌルヌルの液の味が口じゅうに広がります。

被っていた皮を突き破るように、亮介さんのオチ○チンはどんどん硬く大きくなっていきました。どこまで大きくなるのでしょう。

兄弟なのに、亮介さんのそれは主人のものより、ずっと逞しいものでした。口の中いっぱいをオチ○チンで占領され、私はうっとりしてしまいました。いつまでもしゃぶっていたい気持ちでしたが、今回の目的は違います。

「私の体……好きにしていいわよ」

待ってましたとばかりに、亮介さんは私の股間に移動すると、私の両脚をガバッと広げました。

強い力でガッチリと脚を押さえつけられ、まじまじと股間を凝視されています。ふだんのおとなしい草食系の亮介さんとは、人が違ったようでした。

女慣れしていないぎこちなさと荒々しさに、私も燃えてしまいます。今の亮介さんは、性欲の塊のようでした。

「いやぁ……そんなに見つめないで」

「すごい。お尻の穴がヒクヒク動いてますよ……」

亮介さんは、アナルマニア……。その途端、私の羞恥心にさらに火がつきました。お尻の穴を……それも主人以外の男性に、こんなに観察されることなどありません。

恥ずかしさで、顔から火が出そうでした。

「あぁぁ、だめっ!」

辛抱たまらなくなったのか、亮介さんがいきなり私の肛門を舌でツンツンと突いてきたのです。

シャワーを浴びて洗ったとはいえ、うんちの出る穴です。こんなところ、主人にも舐められたことはありません。

私の制止にも耳を貸さず、亮介さんはアナル舐めをエスカレートさせていきます。

肛門のシワを確認するように、ゆっくりと舌を動かし、やがて穴の中に舌の先を出し入れしてきました。

「ううぅん……」

温かいナメクジがお尻の穴を這い回っているような、初めての感触です。

くすぐったくて、ゾワゾワする……。

でも、決してイヤではありませんでした。

そんな時間が三十分以上続きました。

その間、ずっとお尻の穴を舐められつづけているのです。頭の中は、もう真っ白でした。

でも不思議なことに、性感帯を責められているわけではないのに、アソコからは次々と愛液が溢れ出してくるのです。

そのうちお尻の中に、ちょっと硬い感触を感じました。

「えっ、えっ、何してるの？」

「お尻の穴に、指が入ってるんですよ」

硬い感触の正体は、亮介さんの爪だったのです。

いつ舌が指に変わったのかさえ、まったくわかりませんでした。

「きれいなお義姉さんから臭いものが……。それもアナルセックスの醍醐味ですよ」

ふだんは真面目な亮介さんが発しているとは思えない言葉です。

「そ、そんな、汚いよ……」

恥ずかしいけれど、感じちゃう……。

主人の淡泊で事務的なエッチしか知らない私には、燃え盛るような快感が全身に広がります。

さすがにあれだけたくさんのアナルAVを観て、研究しているだけあります。

亮介さんはお尻の穴の周りををマッサージしながら、次々と指の本数を増やしていきました。

「じゃあ、指を三本に増やしますよ」

「……大丈夫かなぁ？」

「痛かったら言ってください」

「うん……」

よほど拡張が上手いのか、驚くほどスムーズに私のお尻の穴は、亮介さんの指三本を呑み込んでしまいました。

しかも亮介さんは余った親指を使って、絶妙なタッチでクリトリスを刺激してくるのです。

「あっ、あっ、あぁぁん」

すぐにでも、イッてしまいそうでした。

それもクリでイキそうなのか、お尻の穴でイキそうなのかわからないくらい、乱れてしまったのです。

もう限界でした。

「亮介さん……欲しい……の」

「何がです？」

「もうっ、言わせないで……オチ○……チン」

「でも……コンドーム、用意してなかったんです。使うときが来るなんて思ってなかったし……」

もう、なりふり構っていられませんでした。

それくらい、お尻に本物が欲しくなっていたのです。

「ナマじゃ……嫌？」

「僕は、むしろそのほうがいいですけど。中出しもできるし……」

「じゃあ、問題ないじゃない。思い切り出していいわよ……」

亮介さんは私を四つん這いにすると、後ろから一気にそそり立ったオチ○チンを突き立てました。

「ううう、むふぅぅ……」

すごい圧迫感でした。

体じゅうを串刺しにされたような感覚で、前の穴のエッチとはまた全然違ったものなのです。

いけないところを犯されている……。

そんな背徳感が被虐心をそそり、レイプされているような気持ちになります。

女って不思議なもので、それが感じてしまうのです。

いわゆるご主人様に奉仕したいような気持ちになって、私は一生懸命に肛門を締めつけて、亮介さんを気持ちよくできるよう尽くしました。

「お義姉さん、ごめんっ！　もうイッちゃう！」

念願叶った亮介さんが、私のお尻の中へ大量の精液を発射するのがわかりました。

そして、信じられないことに、私も同時にイッてしまったのです……。

正直に言うと、これまでは亮介さんの部屋に掃除に行くのは、ちょっと面倒くさい気持ちもありました。

でも、このお尻エッチの快感を覚えてからは、むしろ楽しみになりました。

今では部屋に行くたびに、亮介さんにお尻の穴を可愛がってもらっています。

主人にも義弟にも感謝され、自分の性欲も満たせる……。

私にとってまさに一石三鳥の、素晴らしいイベントになっているのです。

第三章

異常性欲に翻弄される変態奥様

パート先で知り合った社員二人に性玩具にされる豊満妻の絶頂告白

皆川紀香（仮名）　主婦　四十一歳

中学生の息子と会社員の夫と三人で団地暮らしをしている結婚十二年目の主婦で皆《みな》川《がわ》と申します。

子供が大きくなってどんどんお金がかかるようになり、二年前から町内の商社でパート勤めを始めたのですが、仕事にも慣れた昨年末から家族に言えない秘密を持つようになりました。

職場でよくしてくれてる二十代の元気な男の子の社員さんがいて、その人と肉体関係を持ってしまったんです。

どうしてそんなことになったかと言うと、原因は私のボディタッチ癖でした。

今はムチムチのおばさんですけど若い頃は私、けっこうイケイケで、それなりに遊んでもいたんです。

自分で言うのはアレですけど顔がまあまあ可愛くて胸が大きかったのでモテなくもなくて。その頃によくおじさまたちからボディタッチをされてたんです。当時はそれがイヤで仕方なかったんですけど、二十年年くらい経《た》って子持ちのおばさんになったら、私のほうが若い男の子にボディタッチするようになってしまってい て……。

こういうのって、癖になると止められないのです。

子供ができてから主人との営みがなくなって、職場でカッコいい男の子といっしょにいると、どうしてもウズウズしてきてしまって、無意識に手が出ちゃうみたいな。相手はだいたい決まっていました。本命は細くてイケメンの谷口《たにぐち》君。

彼は女の扱いが上手いというか、おばさんの私をちゃんと女として見てくれてる感じがして。おじさん世代とはぜんぜん違って優しいから、私なんかは彼の笑顔を見るだけで癒されるんです。

それでつい欲張って、話してるときにさり気なく肩とか腕とか胸に触ったり、我慢できないときには何か手渡ししたりするタイミングで体をくっつけたり。そういうことで体が潤うっていうこともあるので……。

おばさんにこんなことされたら普通は嫌ですよね？　そういう自覚もあったんです

けど、その一方で他にも何人かターゲットみたいにしてる男の子がいて、あとから思えば単なる欲求不満のおばさんってバレバレで赤面もの……。

そんな私だったからなんでしょうね、気がついたときには「まさか」っていうことが起きちゃっていたんです。

あれは昨年、暮れも押し迫ってきた頃のことでした。谷口君と、彼と仲のいい三宅《みやけ》君から「明日軽くどうですか」って飲みに誘われたんです。

部署の飲み会で皆でいっしょに飲むことはよくあったんですけど、三人だけでというのは初めてだったので、嬉しくて夫にも「明日は会社の飲み会で遅くなる」って前の晩から伝えておいて、当日も胃腸薬を飲んだりして気合を入れて飲みに行きました。

そうしたら二人が「今日は紀香《のりか》さんの慰労会だから」って、個室でお姫様扱いをしてくれて……。

私、舞い上がって、本当にいい気分になりました。

三宅君は、谷口君とは違って、もっと野性的なタイプです。イケメンではありませんが、学生時代にラグビーをやっていたそうで、逞しい体つきをしています。もちろん、ここぞとばかりにベタベタとボディタッチしてしまいました。

せっかくだから大いに盛り上がりたいと思って、飲む気マンマンで行って、実際にもがっつり飲んでましたから、けっこうあからさまに谷口君の太股や三宅君の腕をさすったり、何度かは抱きついたりもしたりして……。

酔いすぎてるかなって自覚はありましたけど、こんなおばさんが遠慮しててもしょうがありません。

それに若い頃だったらともかく、モテるに違いない二人にこんなおばさんが何をしたところで、ヘンな間違いなんて起きるわけがない（起こしてもらえるわけがない）って頭から思い込んでいたんです。

ですから……あれは二時間くらい飲んだ頃でしょうか、三宅君がトイレに立って、その間に谷口君にいきなりキスをされたときは、頭が真っ白になりました。

座ったまま首に腕を巻き付けられて、舌を入れられて、衝立に押しつけられたまま十秒くらいディープキスされて……。

最初は押し返そうと頑張りましたけど、そのうちに力がすっきり抜けきったようになってしまいました。

そうしたらやっと唇を離した谷口君が「三宅はもう戻ってこないよ。気を利かせてくれたんだ」って……。

「ええっ？　ど、どういうこと？」

「だから……つまりこういうことなんじゃない？」

手で口を押さえられて服の上から胸を揉まれました。

「んんぁっ……あっ……」

衝立に背中を預けたまま首筋を下から上に舐められて、ゾクゾクッと全身の肌が粟立ちました。

イヤだったからじゃありません。久しぶりの刺激に体が敏感に反応しすぎて、まるで細胞の一つ一つが痺れてるみたいになったんです。

口を押さえられていなくても、こんなところでおかしな声を出して、人に見られるわけにはいきません。

私は背もたれを揺らさないように気を遣いながら、でもこれ以上されたら声が漏れてしまうと思って、足で畳を蹴るようにして横へ体を逃がそうとしました。

すると谷口君が私の体を横倒しにしながら被さってきて……気づくとスカートをまくられてショーツ越しに局部を刺激されていました。

こうなってしまったら、もうダメです……。

「ああっ……めっ……んくぅっ！」

ごまかしようのない声が口の中から迸り出て、私は谷口君に目だけで必死の懇願をしていました。

その夜、勢いのままに連れていかれたラブホテルで谷口君と初めて関係を持ってしまった私は、以降も誘われるまま、彼と密会をするようになりました。

最初こそ強引だった谷口君ですが、ベッドでは優しくて、すごく上手で、恥ずかしいほど乱れさせられて……家族に対する罪悪感よりも舞い上がる気持ちのほうがずっと強くなって……。

こんな年齢になって、子供もいるのに、若いイケメンの男の子に抱いてもらえるなんて贅沢が、一生に何度も巡ってくるとは思えません。そういう卑屈な気持ちでしたので、谷口君の前では、どんな恥ずかしいことでもできました。

言われるままに卑猥なポーズをとったり、主人に内緒でセクシーな下着を買って身に着けたり、谷口君の体のどんなところも丁寧に舐めたり……。つまらない女と思われて飽きられてしまうのが怖かったんです。

ですからあのとき、仕事の休憩中に谷口君から「今度、三宅にもヤラせてやってよ。いいだろ?」って言われて、内心ではそんなことしたくないと思っても、口では簡単にOKの返事をしてしまったんです……。

最初の飲み会の日から一カ月近くが経った夜のことでした。

今度は三人だけで忘年会をしようという名目で集まって、私たちはまた同じ個室で同じメンバーで飲んでいました。

名目は忘年会ですが、本当の目的は私を三宅君に抱かせることだと谷口君から前もって聞かされていました。ただ、詳しいことは教えてもらっていなかったのでどうするんだろうと思っていたら、一時間ほどしたところで谷口君がスッとトイレに立ちました。

その途端に三宅君の気配が変わった気がしたので私はハッと緊張しました。この前は三宅君がトイレに立って、そのまま戻ってこなかったんです。

すると思ったとおり……三宅君が私ににじり寄ってきて、私の目を探るようにじっと見ながらゆっくりと顔を近づけてきました。

体の大きな三宅君に近づいてこられると、思わず逃げ出したくなるような迫力です。それをじっと堪えて……彼のお酒臭い息が顔に吹きかかってくるほど近づいたと思った途端、私は一気に押し倒されていました。

そのまま唇を奪われると舌を強い力で吸われて、乱暴な手つきで胸元のボタンを外されました。

「んむぅっ！」

まさかこんなところで服を……と、戦慄するなりブラをずり上げられて乳房を剥き出しにされました。

あっと思う間もなく鷲掴みにされ、指の股に乳首を挟んだ状態で荒々しく揉みまわされました。

痛いような強い刺激に私はビクビクと身を震わせ、全身の毛穴から脂汗を滲ませていました。

「ま、待って……くむむううっ……」

小声で言おうとした口元に剝ぎ取って丸めたブラジャーを片手で押し当てられ、もう一方の手でパンティを引き毟るように、脚から一気に抜き取られました。

まるで嵐に巻き込まれたみたいです。

その激しさに頭の中がワーッとパニックになって、でも、同時に信じられないような興奮がこみ上げてきました。

全身が火のように熱く、子宮がジンジンと鼓動して、本能の塊になったみたい……。

そんな私に、三宅君が露《あらわ》にした生のままのアレを、根本までグウッと押し込んできたんです。

「ひぃいいぃっ」

口を塞がれていても声が漏れてしまいます。

何かあるにしてもホテルへ行くものとばかり思っていた私は、いつ人が来るかというスリルの中で否応なしに昇り詰め、最後は口の中に三宅君のザーメンを受け入れていたのでした。

この出来事を境にして、私は谷口君、三宅君と交互に会ってエッチをするようになりました。

軽く見られてオモチャみたいに遊ばれているのはわかっていましたが、大年増のおばさんにとってはそういう対象として見てもらえるだけでも嬉しいんです。それもタイプのまったく違う男の子二人に……。

じっくりと私を弄ぶテクニシャンの谷口君に対して、三宅君は何度会っても飢えたケダモノみたいでした。二人が私の体で楽しんでくれているように、私もまた、そんな二人の体を貪欲に味わわせてもらっていて……。

性的にこんなにも満たされたことって、若い頃にすらなかったかもしれません。とはいえ性欲の昂進が激しい四十路の私の中には、「もっと、もっと」っていう欲張りな部分もまだ残っていました。

さすがにそれを二人に言ったことはなかったのですが……

年が明けてすぐのこと、私はまた新しい体験へ飛び込んでいくことになったんです。

「姫始めがしたいんだけど――」

まず谷口君からそんな内容の連絡が来て、新年早々ニヤケ顔になってしまった私。家族には職場の新年会があるからと嘘をついて、いそいそと指定されたホテルの部屋へ行きました。

ベッドに腰かけて待っていてくれた谷口君の姿を見ただけで、いいえ、ホテルに向かう道中からすでに濡らしてしまっていた私は、谷口君に指示されるまま服を脱ぐと、乳房の部分がくりぬかれたブラジャーと、アソコの部分が丸出しになってる穴あきパンティの姿になりました。

この上下のセットは年末に谷口君に言われてすぐ注文しておいたものでした。

「めっちゃエロいよ、紀香さん。思いっきり似合ってるじゃん」

「は、恥ずかしいよ……こんなおばさんが着けるものじゃないんだから……」

「ふふふ。紀香さんみたいな事務のおばちゃんが着けてるからイヤラしくて興奮するんだよ。巨乳でデカ尻で、すぐオマ〇コ濡らすエッチなおばちゃんが、会社の他の連中には内緒でさ」

そんな言葉を浴びてるだけで、乳首が硬く尖ってきて、パンティの穴から愛液のしずくが内腿にトロリと垂れました。

「こっちに来なよ」

谷口君に導かれて陶然としながらベッドへ横たわりました。そしてキスをされながら彼の繊細な指で乳首を弄ばれ、私が「ンンッ」と声を漏らしたときでした。部屋入口のドアが開いたと思うなり、三宅君が中に入ってきたんです。

「ええっ⁉」

驚いて悲鳴をあげそうになった私ですが、谷口君は平気な様子で三宅君を迎えています。

「ど、どういうことなの？　き、今日って……何を……」

戸惑って、急に恥ずかしくなってシーツで体を隠した私に、

「年始早々、紀香さんの取り合いするのイヤだからさ。姫始めはいっしょにやろうぜって、三宅と話し合って決めてたんだよ」

谷口君がそう説明をして、私のシーツを引き剝がしてしまいました。

「いっしょにって……そ、それって……」

いわゆる「3P」という言葉が頭に思い浮かんで、私はカアッと顔が熱くなるのを感じました。

一度に二人の男性を相手にするなんていう経験、さすがに若い頃にだってありません。でも……大好きな二人がそうしたいというのなら、私に断わる理由もありませんでした。

ためらいもなく服を脱いで全裸になった谷口君と三宅君が、それぞれに形の違う硬くなったアレを前に突き出しました。そして両側から私に迫ってきて……。

一本一本はよく知ってるそれですが、こうして同時に見るとこんなに違うんだなってドキドキしながら、私はそれぞれを片手で持って、右、左、また右……と、交互にフェラチオしていきました。

「へえ、三宅のはいつもそうやってしゃぶってるんだ」

「谷口のを咥えてるときのほうが美味そうに舐めてるじゃん」

上から聞こえてくる声に動揺しながら手と口を動かしていたら、二人が呼吸を合わせて、両方のそれを同時に口に入れてきました。

「わぁうぅ……んむっ、むっ……」

唇が裂けそうなほど押し開かれて、二本のそれが競うように咽喉のほうまで入ってこようとしてきます。

私は噎せて嗚咽しました。

でも、二人の男性からこんなふうにされてるっていうことが嬉しくて、興奮して、体は怖いほど火照り切って敏感になっていました。

口がようやく自由になると、仰向けに寝かされた私はそれぞれの愛撫を同時に受けることになりました。

テクニシャンの谷口君が上半身、ケダモノの三宅君が下半身を担当です。

「ふふふふ、びっくりしちゃった？　でも紀香さんが悦んでるの、ビンビン伝わってくるよ」

「は、恥ずかしい……こんなの初めてだもん……ンンッ」

谷口君のキスで脳がトロトロに溶けていく中、くりぬかれたブラから飛び出した乳首の先を指の腹でクルクルと優しく撫でられました。

そうしたら……

「うっわ、お漏らししたみたいに濡れてるじゃん！」

私の脚を開かせた三毛君が大きな声を出して、その恥ずかしく濡れたアソコに何本かの指をまとめてズルンッと入れてきました。

「あああぁっ、だ、ダメッ……ッ」

複数の指でGスポットの辺りをグングンと強く突かれて、私は背筋を弓なりに反らせました。

谷口君のような正確な愛撫ではないのですが、荒々しさの中でときおりピンポイントの刺激が偶然に起きるので、身構える間もなく昂《たかぶ》らされてしまうのです。

それが三宅君とのエッチの特徴でした。

ただでさえ気持ちいいのに、この日は谷口君のテクニックとセットになって私を責めてくるのです。

上から下から、想像もつかない快感の嵐が体の芯を行き来して、それだけで私は気づくと何度も絶頂に達してしまっていました。

途中から三宅君は私のアソコに口をつけてブチュブチュと下品な音を立てながら舐め吸いしはじめ、谷口君は私の顔にまたがってフェラチオをさせてきました。

息が荒くなって苦しい中で、谷口君のそれを咽喉まで受け入れ、三宅君のかぶりつくようなクンニリングスでまたイカされて……。

いくらなんでもこれ以上責められたら壊れちゃうと思ったとき、今度は体を俯せに転がされました。

そして、お尻を高く突き上げさせられたと思うなり、後ろから三宅君が押し入ってきたんです。

ズゥンッと子宮口まで一気に押し込まれて、私は髪を振り乱しながら仰け反りました。

「あはぁッ！」

息が止まって、ドクンドクンという激しい心臓の音が耳の奥で聞こえるなか、三宅君の重機関車のような律動が始まって、意識が飛んでいきかけました。

すると前からは谷口君が「俺、紀香さんのフェラ大好きなんだよ。勝手にやめられたらさびしくなっちゃう」って、また口に……。

こんなシーン、アダルトビデオなどで観たことがありましたけど、実際にされるのは体がバラバラになるような凄すぎる刺激です。

若い頃だったら堪えられなかったかもしれないと頭の片隅で思いながら、おばちゃんの私はうねるようなオルガスムスの渦に呑まれて随喜の涙を流していました。

「ンクッ……クンッ……むぅぅっ、はうううぅーっ！」

背中を波打たせるようにして繰り返しイキながら、咽喉に谷口君のザーメンを受け入れます。それをコクコクと音を立てながら嚥下《えんげ》していくと、三宅君が「うおおおっ」と叫びながら、私のお尻に精液の熱いシャワーを浴びせてきました。

私はドゥッと横倒しになってハアハアと荒い息をついていましたが、そんな私に谷口君が「紀香さん、俺はまだ姫始めしてないからね」って……。

今度は谷口君が下半身を、三宅君が上半身を担当して、さらに私を責めてこようというんです。

「ま、待って……頭がおかしくなっちゃいそうなの……」

「紀香さん、俺今出したばっかりだけど、見てよコレ、ビンビン。またすぐ出したいんだけど」

顔の前まで来ていた三宅君が、私の愛液に濡れた大きなモノを見せつけて、その先端を私の口に押し込んできました。

もう否も応もありません。

「ぐむうう……」

口いっぱいのそれを咥えて、せめて早く満足してもらおうと舌を動かしはじめると、谷口君が正常位の格好で私の中に入ってきました。

「ンアアアッ!」

その腰遣いがまた上手なんです。

私の一番感じるところに先っぽが強く当たるようにちゃんと角度を調節して……とてもではありませんが、意識の力でこちらから快感をコントロールすることなんてできませんでした。

私はもうされるがまま、嵐の中の小舟になって、前から後ろからくる刺激に半狂乱の痴態を演じてしまうことになりました。

結局この日は谷口君が二回、三宅君が三回射精するまで責められつづけて、失神するんじゃないかと思うところまで追いつめられて乱れ抜いてしまいました……。

最後の最後に「今年もよろしく」って二人に言われて……もちろんイヤなわけもなく、心の中で主人と子供に謝りながら、また一年、二人に遊んでもらえるようにこちらからもお願いをしてしまいました。

前夫のＤＶで開花したＭ女の資質
縛られて感じてしまう禁断性癖

佐々木由美（仮名）　専業主婦　三十六歳

私が前夫と離婚したのは七年前のこと。理由は夫の暴力です。お酒に酔うと必ずといっていいほど、暴言を吐いたり、殴ったりするため、その結婚は一年も経《た》たずに終わりをむかえました。

そして、すっかり心の傷も癒えたあと、今の夫と出会い一年の交際を経て今春入籍しました。夫は優しくて真面目。何よりも私のことをとても愛してくれているため、絵に描いたような幸せな新婚生活を送っていました。ですが……何か物足りない。なぜか前夫から暴力を受けるときのようなピリピリとした緊張感が恋しくなってきてしまったのです。

でも、もちろん暴力を振るわれたいわけではないのです。あの恐怖や痛みはまっぴらです。

なんというのでしょうか……。怖いくらいに渇望されて心身ともに彼のものになりたい、狂おしいくらいに熱烈に愛しあっているという瞬間を味わいたい……というような気持ちでしょうか。安心とか安定も捨てがたいのですが、ドキドキしたりヒリヒリしたりしたいのです。贅沢な悩みだと言われるかもしれません。でも、この穏やかな幸せだけでは満足できない自分に気づいてしまったのです。

いったい私は何を求めているのだろうか。夫にどうしてほしいというのだろうか。そんなことをじっくり考える日々は、二～三カ月続きました。そして、ある日、ネットをぼんやり見ているときに、「これだ」と気づきました。

それはある夫婦が綴っている夫の妻に対する調教のブログでした。Sの性癖を持つ夫が妻をM女として育てあげていく様が日々綴られていたのですが、「妻は、最初のうちは怖がっているようでしたが、最終的には私の懇願を受け入れてくれました」などという日記とともに、アナルプラグを試されたり、縛られ拘束されたりする姿が写真に撮られて掲載されていたのです。

これは今の私が求めていることだと直感がありました。

そのブログを見ながら「私もこんなふうにされてみたい」と思い、その願望は次第に抑えられなくなっていきました。

ある日、旅行に行ったときのこと、ホテルの浴衣を着た夫に「私を縛ってほしいの」と帯を手渡しました。

「こういうのちょっと興味があるの」

そう言ったところ、夫はやや驚きつつも、その顔には同時に嬉しそうな表情も浮かんでいました。

「ふうん……」

なんて言いながらも、夫は私の腕を器用に縛りはじめました。

「俺、ボーイスカウトをやっていたから、こういうの得意なんだよね」

と言っていましたが、はたしてその言葉は本当なのでしょうか。実のところ、私は少々疑っています。

でも、何はともあれ、二本の浴衣の紐を使い私は手首を後ろ手に縛られ、猿ぐつわをかませられました。私の手首に巻かれた紐を夫はつかみながら、器用におっぱいを愛撫していきます。さらさらとした大きな手のひらで、私のDカップの乳房を包み、たぷたぷと揉んでいきます。白くもっちりとした肌が、次第に汗ばみはじめ、夫の手のひらがしっとりとしていきます。

「なんだ。汗ばんでいるじゃないか。いやらしい女だな。前からこういうことをしてほしいと思っていたのか。答えてみろ」

「そう……そうなの。私の心も身体もあなただけのものになりたくて……」

「ふうん、かわいいこと言うじゃないか」

夫は私にキスをしながらも乳首を指先で弄びます。指先が少し触られるだけでも身体はピクピクと反応し、乳首はコロンと硬くなっていきます。コロコロと指先で転がし、ときには乳房を大胆に揉むというようにしばらくおっぱいを愛撫していましたが、突然、

「どうだ、こうすると感じるのか?」

乳首に爪を立て、キュッと軽くつねりました。

「あんっ」

鋭い痛みに体がビクンと反応します。が、その刺激によって私の身体はいやらしくも「もっとしてほしい」とねだってしまうのでした。その証拠に乳首がコリコリに硬く尖り、乳輪にはシワがよるほどでした。

「乳首がカチコチだぞ。ほら、どうだ」

優しく乳房を揉み、そっと乳首に触れる……そんなことを何度か繰り返したあとに、突然、乳首をつねりあげる。それを繰り返され、私はまるで子犬のようにキャン

キャンと叫びました。

その姿を見ているうちに、夫のモノも隆起していきます。みるみるうちにボクサーパンツが膨れ上がっていくのがわかりました。

「いったい、なんてスケベな女だ。そういう女はお仕置きしてやる」

夫は私を四つん這いにさせると、背後から私のアソコを撫でました。もうそこは愛撫を必要としないほどに潤っています。そっと触れられただけで私の全身に快楽の電流が走り、「ああっ」とはしたなくも大声をあげてしまいました。

「もうグチョグチョじゃないか」

そんなことを言われ、恥ずかしくてうつむいたまま首を振るしかありませんでした。けれども意地悪な夫は、クリトリスをそっとつまんだり、指を中に入れたりしながら弄《もてあそ》ぶのです。はじめてのアブノーマルな体験で興奮してしまった私は、もう挿《い》れてほしくて挿れてほしくてたまらないという気持ちになっていました。

「もう……ダメ。ガマンできない」

そう漏らすと、

「なんだ、もう挿れてほしいのか」

そう言われ、思わず、コクンコクンと大きく頭を振って頷いてしまいました。

「じゃあ、ちゃんとそうお願いしないと挿れてやらないぞ。ほら、早く」

「挿れてください」

「どこにだ？　ちゃんと言わないと挿れてやらないぞ」

「わ、私の……に挿れてください」

「ダメだ」

「私の……オマ○コに……あなたの……オチ○ポを挿れてください」

「はい、もっと大きな声で」

「私のオマ○コにあなたのオチ○ポを挿れてくださいっ」

「うーん。まだまだだな。そういうできの悪い子はお仕置きだ」

夫は挿入したかと思うと、お尻をペンペンと叩きました。パシーンと音がなるたびに、私の子宮がキュッと疼くのがわかります。

「なんて女だ、アソコからエッチな汁がだらだら溢れてきているぞ」

そんなことを言いながら、夫は私を快感に導いていきます。その日はいつも以上に興奮し、私たちは深い満足を味わって、眠りにつきました。

そして、旅行から帰ってきた翌日。夫が会社から帰ってくると、

「何買ってきたと思う？」

と悪戯っぽく微笑みました。

「え？　なになに？」

夫が抱えるずっしりと重い紙袋を広げると……そこには赤い麻縄や蝋燭、バイブなどが入っていました。

「えっ……」

「さっそく今日から使ってみよう」

思わず私はあまりの急展開に驚いてしまいましたが、きっと夫もこういうことに興味があったに違いありません。夕食も摂《と》らずに、私たちはそれを使ってみることにしました。私はパンティ一枚になり、夫とリビングのラグの上に座りました。

いっしょに買ってきていた正しい緊縛のやり方の本を見ながら、見よう見まねで縛っていきます。

「あっ、ウウッ」

「痛いのか？」

「ううん、大丈夫」

まず夫は私を後ろ手に縛ったあと、おっぱいの上下に縄をかけ、縛り上げていきました。そして、縛り終えるとむんずと乳房を縄から引き出したのです。

「おお、美しい。よし、今度は足だ」

夫は、三角座りをしている私の足をグイッと大きく開かせます。

「えっ……いや……恥ずかしい」

躊躇して足に力を入れると、夫は力ずくで開かせたかと思うと、素早くM字に足を縛り上げてしまいました。

「うん、いいね。これはいい酒の肴《さかな》になる」

縛られている私の姿を眺めながら、夫はしばらくウイスキーを飲んでいました。そうしている間にも、裸の姿をじっと見られているだけで、私は少しずつ興奮していきました。

「あれ？　パンツが湿ってきているぞ」

夫はそう言うと私のほうへ近づいてきました。そしてパンティの隙間から指を入れ、アソコに触れてきました。小陰唇をそっと撫で上げられて、私は思わず「あんっ」と甘い声を漏らしてしまいます。

「これじゃあ、うまく触れないな」

そんなことを言うと、夫はハサミをもってきました。

「いや……そんな。恥ずかしいわ」

思わずうつむいてしまいましたが、夫は私の声を無視するかのように、ハサミをパンティにあて、まずはサイドの部分をチョキンと切りました。金属のヒヤリとした感触が腰骨付近にあたったかと思うとハラリと布地が落ちて、さっきまで布があたっていた部分の肌に外気が触れて不思議な感覚になりました。夫はそのままパンティをチョキチョキと切り、最後にはすっかり取り去ってしまいました。私は恥ずかしい姿勢で、アソコを丸見えにしたまま座らされています。

「ほら、丸見えだぞ。……やっ、なんてことだ、オマンチョがHな汁で濡れてヌラヌラ光っているぞ。ほら、アナルのほうまで流れおちているのがわかるか？」

夫は会陰を指でなぞり、愛液を掬い上げました。

じっとアソコを見られているうちに、私は興奮してきてしまい、タラタラと愛液を垂らしてしまったようです。

「こんないやらしい女にはこれでもくれてやるしかないな」

そういうと夫は紙袋をガサゴソと探ったかと思うと、ブイーンと音を立てた大きなバイブを持って戻ってきました。

「いや……そんな大きいの、入らないわ」

手に持っていたのは、直径四センチメートル近い極太バイブでした。色は黒々としており、竿の部分についたイボイボが猛々しく、その迫力に私は打ちのめされてしまいそうでした。けれども夫は躊躇することなく私のアソコに尖端をあてがい、そっと押し入れていきました。

「ウウッ……アッ……ゆっくりね、ゆっくりね。お願い」

シリコンの尖端は私の膣道をグイグイと拡げながら、奥へ奥へと進んでいきます。入り口は粘膜がパンッと広がって、もはや限界です。

「ダメ……苦しいわ。どうにかなってしまいそう」

思わず目に涙が溜まり、私はやめてくれるよう懇願しましたが、夫は聞き入れてくれません。まるで私を玩具のように扱い、片手で陰唇を広げ、片手でバイブを押し込み、ヌプヌプと挿入していきました。結局、極太バイブは根元までスッポリと私の中におさまってしまいました。荒々しい棍棒が内部から存在を主張しています。その感触を妙な気持ちで味わいながら、私はされるがままになっていました。

しかし、これでは終わりませんでした。

なんと夫が次に手にもってきたのは木製の洗濯バサミでした。それでまずは乳首を挟みました。ギュッとつねられる痛みに思わず私は「ああっっ」と大きな声で叫んでしまいましたが、それは夫を余計に興奮させたようです。もう片方の乳首も同じように挟んでしまいました。

「おお、いい眺めだ。興奮するな」

夫は痛みに耐えている私を見ながら、ズボンのチャックを下ろし、怒張したオチ○チンを取り出しました。そして私の口に押しつけたかと思うと、グイッと差し込みます。

「ああ、あったかい。ほら、根元まで咥え込むんだ」

私の後頭部をつかんだかと思うと、喉の奥までオチ○チンを一気に挿入していきました。思わず、オエッと汚らしい声をあげ、むせ込んでしまいます。同時にダラダラと粘度の強い唾液が口内から溢れ出し、顎を伝って流れ落ちていきました。

「ウウッ、この感触。たっぷりの涎がたまらないなあ」

後頭部を両手でガッチリとつかんだまま、夫は腰を激しく前後にグラインドさせます。その度にジュブジュブと唾液が溢れて床に滴り落ちます。

ゴリゴリに固くなったオチ○チンは、しばらく私の口内を行ったり来たりして、ときには亀頭を喉の奥に押し当てるというように舌や頬の内側の粘膜の感触を楽しんでいました。

「この舌のザラザラした感じが本当に気持ちいいんだ」

と裏筋を舌にグイッと押しつけることもありました。私は苦しくてたまりませんでしたが、夫が悦んでくれているのが嬉しく、まるで人形のようにおとなしくされるがままになっていました。

しばらく私の頭をつかんで前後させていた夫ですが、とうとう口内の刺激ではものたりなくなってきたようです。

オチ○チンを口から抜き取ると、私のオマ○コからバイブを引き抜きました。しかし、こっそり何度もイッてしまっていたせいで、オマ○コはバイブをものすごい勢いで締めつけていました。

「うほっ、なんていう吸引力だ」

夫は興奮して叫び、私を床に寝転がすと一気に挿入してきました。

「すごい締めつけだ。根元から亀頭までギュンギュンしめつけてくる。こりゃ、動かしたらすぐにイッてしまいそうだ」

奥まですっぽり挿れてしまうと、しばらく動かずにじっとしていました。

オチ○チンの感触はバイブとはまるで違って、粘膜が温かく、ピクピクと動き、私の内部を刺激してきます。

「ああ……気持ちいい。やっぱりコレが一番いいわ」

思わずそんなことをつぶやくと、

「はしたない女だな。今日のところはこれで許してやるが、そんないやらしい女はそのうち後ろの穴も俺なしではいられなくしてやる」

と夫は耳元で囁いてきました。アナルを犯される……その恐怖はゾクゾクとさせられるものでしたが、前の穴も後ろの穴も夫から征服されてしまうことを思うと、同時にその束縛感がたまらなく嬉しく感じてしまう変態な私なのでした。

「ああ、怖いわ。怖いけど、あなたにもっとめちゃくちゃにされたい……」

そんなことを言うと、夫も同じ気持ちだったようです。腰の動きを一気に速めていきました。

「あっ……あんっ。そんなことされたら、なんか、なんか変な感じだわ」

何か出る……という感じがしたかと思うと、おしっこのように大量の液体が漏れ出てきました。

「やだっ、漏らしちゃった」

泣きそうな声で言うと、「これは潮だから心配するな」と夫は耳元で言い、

「もう俺も我慢できそうにない。いくぞ。口の中に出すからな。全部飲み込めよ」

と命令したのでした。

そして、さらに腰を激しく動かし、亀頭で子宮口を突いて突いてつきまくりました。

そのたびに入り口のあたりがギュンギュンとキツく締まっていくのを感じました。

「ううっ、締まるっ。これはたまらんっ」

夫は今まで見たことがないような表情をしています。

「はうっ……」

短く叫んだかと思うと、オチ○チンをズリュッと抜き取り、亀頭を私の口元にもっていきました。私は大きく口を開けると、そこを目掛けて射精をしました。

ピュピュピュピュ……。

しかしあまりにも大量で、勢いがよかったため、口だけにおさまらず顔中に精子が飛び散ってしまいました。

私は口に入ったぶんをゴクリと飲み込むと、

「すごい……いっぱい出たね」

と呟いてしまったほどです。最後にこんなに可愛がってくれた夫にお礼の気持ちもこめて丁寧にオチ○チンについた私の愛液を舐めとって、きれいにしてあげました。

「いい子だ」

夫は優しく笑って髪の毛を撫で、ギュッと抱きしめてくれました。

それがなんとも嬉しく、私は思わず涙を流してしまったほどです。

以来、私たちはすっかりＳＭプレイにハマってしまいました。

少しずつエスカレートしていき、蝋燭プレイやボールギャグなども使ってみました。

そして、今ではアナルの拡張にも興味を持ち、様々なサイズのアナルプラグも買いそろえてしまったほどです。まだ夫とのアナルファックができる程度にしか拡張されていませんが、いずれ二穴責めにもチャレンジしてみたいと話しているところです。

これまでのＳＭ調教の日々は、写真に撮って保存してあります。まだ私の気持ちに決心がつかず、ネットでの公開はしていないのですが、いつか私たちの夫婦の記録をブログにして公開しようと話しています。

そう、私がかつて羨んだあの夫婦のように……。

私の縛られている裸体が全世界に公開され、好奇に満ちた目で見られるのかと思うと恥ずかしいのもあるのですが、なにかたまらないくらいのゾクゾクとした快感にも襲われるのです。

夫に寝取られプレイを提案されて次第にハマッてしまう元貞淑妻

窪塚史香（仮名）　主婦　四十歳

夫の変態性欲を知ったのは結婚生活も十年目を迎えてからでした。

夫との間に子供は結局できませんでした。不妊治療も考えましたが、そこに大金を注ぎ込むよりは、そのお金で充実した夫婦生活を送ろうと話し合ってのことですから、ふたりとも納得していました。

そのうちに十年目を迎える夫婦の常としてセックスレスになり、そのことで私が不満をもらし、話し合いになりました。そのときに打ち明けられたのです。夫は、私が他の男とセックスしているのを見たい、と言うのでした。

夫婦交換、という言葉は知っていましたが、まさか、自分がそんなことをするとは思ってもいませんでした。

夫の懇願にしぶしぶ承諾すると、夫はさっそく相手夫婦のプロフィールを私に見せました。すでにネットであたりをつけて、連絡を取り合っていたようなのです。

その夫婦は私たちよりもひと回りくらい若いカップルでした。なんだかんだ言って若い女とヤリたいだけじゃないかと私はスネたものですが、でも、そうではなかったのです。

ホテルのツインの部屋にチェックインした私たちは、夫と若妻、私とその若いご主人といったふうに別れてベッドに上がりました。

すでに順番にシャワーを浴びてバスローブを羽織っただけの姿で、もう準備万端という状況なのですが、全員モジモジしていて、なかなかことが始まらないのです。どうしたものかと思っていると、夫が「じゃあ、始めましょうか」と言って若妻を抱き寄せ、キスをしました。そしてディープキスをしながらバスローブをはだけさせ、こぼれ出た乳房を揉みはじめたんです。

見ただけで乳房の張りや弾力が私よりもずっとあることがわかりました。だってその若妻はまだ二十代なんですから当たり前です。

しかも若妻はいきなり悩ましい喘ぎ声を出しはじめるんです。感度がいいのか欲求不満なのか知りませんが、なんてふしだらな女なのかしらと思っていると、彼女のご主人が遠慮がちに私に言いました。

「そろそろ僕たちも始めませんか?」

もともと夫に頼まれたからホテルまで来ただけでした。私は夫婦交換なんて変態っぽいことはしたくなかったのです。

だけど、隣のベッドで夫が若い女の乳首を舐めているのを見ると、自分も若い男とエッチをしているところを見せつけてやりたくなったんです。

「そうですね。私たちも始めましょう」

「じゃあ、失礼しますね」

彼は私にキスをしてきました。最初はぎこちない感じだったのですが、徐々に激しくなってきて、唾液がピチャピチャと音を立てました。

不倫の経験はありませんでしたから、夫以外の男性とキスをするのはかなり久しぶりです。夫とは微妙に違う舌の動かし方と唾液の味に、私はだんだん興奮してきてしまいました。

しばらくキスを堪能してから彼は私の腰紐をほどきました。両肩からバスローブがはらりと落ちてオッパイが丸見えになってしまいましたが、私は隠そうとはしませんでした。張りや弾力は若妻に敵《かな》わないものの、大きさだけなら私のほうが圧倒的に勝っていたからです。

私のオッパイを見た彼はうれしそうに言いました。

「すごいですね。奥さん、爆乳じゃないですか」

「いやだわ、そんな下品な言い方をしないでください」

「褒め言葉ですよ。ああ、やわらかくて最高ですよ。ううっ……」

彼は私のオッパイを両手で揉みしだきました。

乱暴な揉み方ですが、それがいかにも若い男の愛撫といった感じで、すごく興奮しちゃうんです。

私はその勢いに押されるようにベッドに仰向けになりました。そこに彼が覆い被さってきて、オッパイを舐めたり吸ったりしはじめたんです。

「ああ、いい……。すごく気持ちいいわ……」

私は正直に言葉にしました。と、そのとき、視線を感じました。

何気なく隣のベッドに視線を向けると、仁王立ちした夫のオチ○チンを若妻が一心不乱にしゃぶっているところでした。

だけど夫は若妻ではなく私のほうを見ているんです。その目はギラギラと嫉妬に燃えていて怖いぐらいでした。

自分が計画した夫婦交換のくせにどういうつもりなんだろうと思っていると、フェラチオに疲れたのか、若妻が夫のオチ〇チンを口から出して甘ったるい声で言いました。

「今度は私のオマ〇コを舐めてぇぇ……。ねえ、お願いですから」

「あっ、う、うん。ごめん、ごめん」

不意に我に返ったように夫は言い、若妻の股を大きく開かせてその中心に顔を埋《うず》めました。そして、ピチャピチャと音を鳴らしながらクンニを始めたのですが、どうも集中できないようで、私のほうをチラチラと見るのでした。

「奥さん、僕もクンニしてあげますよ」

隣のベッドで自分の妻がクンニをされているのを見た若いご主人が、対抗するように私の股間に顔を埋《うず》めてきました。

そして、いきなりクリトリスに食らいついたんです。

「はっひぃぃんッ……」

夫に気を取られていた私は、思わず変な声を出していました。その反応がうれしかったのか、若いご主人は私のクリトリスをさらに激しく舐め回しはじめたんです。

舌先で転がすように舐めたり、乳飲み子が乳首を吸うようにチューチュー吸ったり、そのまま軽く噛んだり……。

私はそのクンニの快感で頭の中が真っ白になり、もう夫の存在を気にしている余裕はなくなってしまいました。

「あぁぁぁん、いい……気持ちいいわぁ……あああん、そ、それ……もっと……もっとしてぇ……ああああん」

私は彼のために大きく股を開き、舐めやすいようにと腰を浮かせていました。

そんな私の期待に応えようと、彼は一生懸命クンニをしつづけてくれました。そして、私はすぐに絶頂の予感をおぼえはじめたんです。

「あああ、もう……もうダメ……あああん……イク……イク……イク……ああああん、イッちゃううううん！」

全身の筋肉が硬直し、次の瞬間、私の全身がビクンと跳ねてしまいました。

「すごいですね、奥さん。こんなに感じてくれたらクンニのしがいもあるってもんですよ」

口のまわりを愛液と唾液で光らせながら、彼がうれしそうに言いました。

「はあぁぁん……。いつもはこんなにすぐにイッたりしないのよ」

私は弁解するように言いました。それは本当でした。夫に見られていると思うと、私の身体はふだんの何倍にも敏感になってしまうのでした。

「じゃあ、次は奥さんの番ってことで……」

彼が私の顔にオチ○チンを押しつけてきました。それはもう怖いほどに勃起していて、先端からは先走りのお汁が滲み出ているんです。

私は迷わずそのオチ○チンを口に含み、舌を絡めるようにしながら首を前後に動かしはじめました。

「おおおっ……気持ちいいですよ。ああ、最高だ。なんてエッチな舐め方なんですか。ううう っ……」

彼はうれしそうに言いました。そして、私の口の中でペニスがピクピク痙攣するんです。さすがに若いだけあってすごく硬くて、しゃぶっていてもその反応がダイレクトに返ってくるのがうれしいんです。

だから私は、もっと気持ちよくしてあげたくて、オチ○チンをしゃぶりながら睾丸を右手で揉み揉みしてあげました。

「あっぐぐっ……そ……それ……なんか変な感じです。ううっ……気持ちいい……」

熟女のテクニックに彼は身悶えしました。それを見た私は、もっともっと気持ちよくしてあげたくて、その責め方をさらに激しくしたんです。

すると、不意に彼の声が苦しげなものに変わりました。

「お、奥さん、ぼ、僕、もう……ううっ……ダメだ。もう我慢できない！」

そう言ったかと思うと、私の口の中でオチ○チンがぶわっと膨張し、次の瞬間、ドピュンと勢いよく生臭い液体が喉の奥目掛けて迸《ほとばし》ったのでした。

「うぐっ……」

噎せ返りそうになっている私に、彼が慌てて言いました。

「あっ、すみません！　僕、我慢できなくて。大丈夫ですか？」

そして、オチ○チンを私の口から抜いて、心配そうにのぞき込むんです。

私の口の中には精液がたっぷり残っていました。それを吐き出したら彼を傷つけることになるような気がして、私は思いきって飲み込みました。

すると彼は感激の声を上げたんです。

「奥さん！　僕の精液を飲んでくれるなんて！　ああ……最高だ！」

「いいのよ、別に。だけど……」

射精してしまったら、もうそれで終わりになってしまうのではないかと私は心配だったんです。だけど、彼の股間を見て、私は驚きの声をもらしてしまいました。

「え？　どうして？」

そこにはオチ○チンが射精前と同じようにそそり立っているのでした。

「僕は一晩に三回はできますよ。それに、まだ奥さんのオマ○コを味わってないんですから、萎んでなんかいられませんよ。さあ、もう入れちゃいますよ。いいですよね？」

彼は私を押し倒して両脚を左右に大きく開かせました。そして、オチ○チンをねじ込んできたんです。

「はあぁぁんっ……」

すでにクンニで一回イキ、さらに精液を飲んで興奮してしまっていた私のオマ○コはもうドロドロにとろけていたので、彼の大きなオチ○チンがあっさりと滑り込んでしまいました。

そのとき、私はまた強い視線を感じました。それは夫の視線です。自分以外の男のオチ○チンを挿入されてよろこんでいる私を、すごく怖い目で見ているんです。

感じてしまっていることに罪悪感をおぼえながらも、興奮と快感で私はもう自分を抑えることはできなくなっていました。

ついついいやらしい声で喘いでしまうんです。

「あぁぁ……すごく奥まで入っちゃったわ……あああん、気持ちいい……」

「僕も気持ちいいですよ。ううう…奥さんのオマ○コ、すごく熱くてヌルヌルしてて最高ですよ。ああ、腰が勝手に動いちゃいます」

目を細めながらそう言うと、彼はオチ○チンを抜き差ししはじめました。

擦れ合うふたりの粘膜がグチュグチュ鳴り、その音を夫に聞かれているのだと思うと、私はよけいに興奮してしまうんです。

「もっとぉ……もっと突いてぇ……」

彼のオチ○チンはかなり長いので、すごく奥まで届きます。ズンズン突き上げられると、そのたびに意識が飛んでしまいそうになるぐらい気持ちいいんです。

しばらく強烈なピストン運動をつづけると、彼は不意に私を抱きしめて、そのまま後ろに倒れ込みました。

「え？　何？」

次の瞬間には、私が上になってしまっていました。

「さあ、奥さん、いやらしく腰を振ってくださいよ」

「いや……恥ずかしいわ、そんなこと……」

そう言いながらも、下から数回突き上げられると、私の腰は勝手に動きはじめてしまうのでした。

すると、その動きに合わせて自慢のオッパイがゆさゆさ揺れるんです。それを彼が下から手を伸ばして激しく揉みしだくのでした。

「このアングル、すごくいやらしいですよ。オッパイ越しの奥さんの顔……それプラス、ドロドロオマ○コの気持ちよさ……ううぅっ……たまらないよ」

「あぁぁ……いや……はああん……恥ずかしい……。こんなの……こんなのいやよ」

言葉ではそう言いながらも、私はまるでフラダンスでも踊るかのように腰を前後左右に動かしつづけました。そして、しばらくその動きをつづけていると、また絶頂の予感がこみ上げてきました。

「あぁぁ、ダメ……あああん、またイキそうよ」

「ううぅっ……僕も……僕もまたイキそうです。あああっ……いっしょに……いっしょにイキましょう」

そう言うと彼は体勢を入れ替えて上になり、さっきよりもさらに激しく腰を振りはじめたんです。

それは本当に強烈な快感で、私はすぐに限界を超えてしまいました。

「ああっ、い……イクぅぅう！」

「ぼ……僕も、もう……うぐぐ！」

力いっぱいオチ○チンを突き刺したと思うと、彼はそのまま腰の動きをとめました。だけど、私の中でオチ○チンだけが暴れ回るんです。

そして、熱い精液をたっぷり膣奥に受けながら、私もイッてしまったのでした。

そのとき、不満げな声が隣のベッドから聞こえました。

「ちょっとぉ、おじさん。私、まだ一回もイッてないんですけど」

それはさっきまで可愛らしく喘いでいた若妻の声です。

意識が朦朧《もうろう》とした状態でそちらを見ると、夫が若妻に「ごめん、ごめん」とあやまりながら、慌てて腰を激しく振りはじめるところでした。

どうやら夫は他の男とセックスしている私に意識をとられていて、若妻相手にはおざなりなセックスをしていたようなんです。

今さら頑張っても遅く、一度冷めてしまった若妻の身体はいくら激しくピストン運動をしてもイクことはできなかったようでした。

結局、そのままお開き。

ご主人のほうは大満足だったようですが、若妻は不機嫌になってしまい、後味の悪い夫婦交換でした。

それに懲りたのか夫はしばらく妙な提案はしてこなかったのですが、ある日、また変なことを言い出したんです。

「なあ、おまえ。そろそろまた他の男とヤリたくないか?」

「いきなり、何言ってるのよ」

「最近、飲み屋で知り合った男なんだけどな、俺がおまえの写真を見せると『きれいな奥さんでうらやましいですね。こんな奥さんだったら、毎晩頑張っちゃいますよ』なんて言うんだ。それで『俺の女房とエッチしたいか?』って訊いたら、『もちろんです』って言うから、おまえの意見を聞いてみたいと思ってな」

「馬鹿なこと言わないでよ。そんなことできるわけないでしょ」

「そう言わずにさ。この男なんだけどな」

夫は私の前にスマホを差し出しました。そこに映っているのは、濃い顔立ちの、いかにも精力が強そうな中年男性でした。私の好きなタイプのど真ん中なんです。

夫はそれがわかっていて、その男性を選んだのでしょう。

「な、頼むよ」

夫は私に頭を下げました。

「しょうがないわね。今回だけよ」

私は嫌々承諾したようなふりをしながら、実は内心では夫の提案をよろこんでいたんです。

実は例の夫婦交換の日以降も、夫とはセックスレスの日々がつづいていたんです。

ないならないで、ずっとなければそれで平気だったのですが、なまじあんな激しいセックスをしてしまったために、私は毎晩悶々とした状態で、あまり眠れない日がつづいていたのでした。

そして数日後、三人でホテルへ行きました。相手の男性は四十代半ばぐらいで、建築作業員をしているということでした。日焼けしていて、髭が濃くて、眉が太くて、顎が割れていて、もう男臭さがムンムンしているんです。

「奥さん、本当にいいのかい？」

彼は横目でチラチラ夫を見ながら、私に問いかけました。

「ええ、いいの。だから抱いてください」

私が裸になると、彼は節くれ立った太い指でオッパイを揉んでくれました。

「おお……やわらかい……ううう……なんて触り心地がいいんだろう」

「オッパイだけじゃなくてこっちも……」

私は彼の手を自分の股間へと導きました。

「あっ……もうヌレヌレじゃないか」

「そうなの。だから、思いっきり無茶苦茶にしてちょうだい」

そこまで言われて遠慮できるわけがありません。彼は私のオマ○コに指をねじ込み、乱暴に掻き回しはじめました。

彼の指はすごく太いので、まるでオチ○チンで掻き回されているような感じです。愛液がどんどん溢れてきて、すぐにグチャグチャといやらしい音が鳴りはじめました。

「ああ、いい……気持ちいい……。オチ○チンをお口に……お口にちょうだい」

私が懇願すると、彼はその場に立ち上がってバスローブを脱ぎ捨て、私の鼻先にオチ○チンを突きつけました。

「ほら、いっぱい舐めてくれよ」

彼のオチ○チンは想像以上の大きさでした。それを頬張ると口が完全に塞がれてしまって、すごく苦しいんです。

だけど、その苦しさが快感です。溢れ出る愛液の量がさらに増して、シーツの上にポタポタ滴るほどでした。

「奥さん、もう入れてもいいかな？　このいやらしい濡れマンに入れたくてたまらないんだ」

「ええ、いいわ。入れてちょうだい」

オチ○チンを口から出して、私は言いました。と、その言葉が終わらないうちに、彼は私をベッドに押し倒して、オチ○チンを挿入してきました。

前戯らしい前戯はまだほとんどされていませんでしたが、それでも私のオマ○コは彼の大きすぎるオチ○チンをあっさり飲み込んでしまいました。もうそれぐらいとろけてしまっていたのです。

「うう……こいつは名器だ。ねっとりと吸いついてきやがる」

彼は満足げに鼻から息を吐き、腰を動かしはじめました。

大きく開いたカリクビでオマ○コの中を激しく擦られ、私は気持ちよすぎて彼の下で身体をのたうたせてしまいました。

で、ふと夫の姿を探すと、ソファに腰掛けて私たちをじっと見てるんです。

その視線は私に、夫の前で犯されているという禁断の思いを抱かせて、快感を何倍にもしてしまうんです。

「ああっ……もっと……もっといっぱい搔き回してぇ……」

「こうかい？　奥さん、これでいいかい？」

円を描くように腰を動かされると、オチ○チンの先端がオマ○コの中をまんべんなく擦り、その強烈な快感に私の身体はすぐに絶頂に駆け昇っていくのでした。

「あああっ……ダメ……あああん、もうイク……イクイクイク、はああっううん！」

それ以降、三人プレイという名目で相手を探し、私と他の男がセックスにふけるのを、夫はただ眺める、というスタイルが中心になりました。

自分の妻が他の男に弄ばれて何が楽しいのかと、夫の私への愛情を疑いたくもなりましたが、そうではないようで、愛する妻が目の前でよがり狂うさまに興奮するのだとか。妻を愛しているからこその興奮と説明されると、そういうものかと納得するしかありません。

他の男とのセックスが終わると、やっと夫が私を抱いてくれます。嫉妬に深く傷つき、ときには悔しさのあまり泣き出すこともあります。

シャワーも浴びさせず、他の男の唾液や汗や精液を含むさまざまな体液にまみれた私の身体をそのまま抱きしめ、舐めしゃぶります。そして他の男の精液が滴る私のアソコに突っ込む夫のペニスの硬いこと。知り合った当初よりも激しい勃起なのです。

正直に言って私は夫以外の男とのセックスにそれほど興味はないのですが、夫がこんなにもよろこんでいるのなら、他の男に身を任せるのも悪くないかな、と思っているのです。

ドスケベな友人の奥さんに感化され年下の童貞男子を弄んだ誘惑3P

香川由紀恵（仮名）　主婦　三十九歳

もう四十路になろうっていうのにこんな恥ずかしいことをしちゃうなんて、女っていくつになっても悪戯心が抑えきれないものなんですね。でも悪いのは私じゃないんです。隣りの奥さんの絵美《えみ》さん（仮名）なんです……。

私は専業主婦です。夫は某企業の社長をしています。子供はいません。

自宅があるのも高級住宅街です。昼間は、同じように暇を持て余した近所の奥さんたちとカフェやお互いの家を行き来して、お茶をする毎日です。

こういう裕福な家庭の奥さんって、もちろん全員じゃないけど、旦那さんに隠れて遊んでる人、けっこういるんです。

お茶をしていると、けっこう過激な話になったり……私自身は、浮気なんて考えたこともありません。そういう話は「聞く専門」でした。

でも、お隣りの絵美さんは違います。

絵美さんは私より二歳年上です。私の家と同じで、お子さんはいません。女優さんみたいにキレイな人で、美容にもメイクにもお金をかけてるな、っていうのが一目でわかる、スキのない美人です。

それはいいんですが、この絵美さんが、ひどい浮気症なんです。

とっかえひっかえ、子供みたいな年齢の若い男の子を家に連れ込んで、そのことを私たちに隠しもしないんです。聞いてるこっちがドキドキしちゃいます。

「ねえ、由紀恵《ゆきえ》さんもこういうの、興味ある？」

いつものように、大学生の男の子と関係しちゃった、なんて話をしている最中に、絵美さんは急に私に振ってきました。私は驚いて、絶句しちゃいました。

「今度、由紀恵さんも遊びに来てみてよ。若い子紹介してあげるから」

絵美さんから畳みかけられ、私は笑って誤魔化すしかありませんでした。

「ええ、まあ、今度ね……」

もちろん冗談のつもりでした。でも絵美さんはそうじゃなかったんです。

「ねえ、今日のお昼、ちょっと家でお茶しない？」

絵美さんから誘われたのは、それから数カ月後のことでした。

「ええ、いいけど」

私は何も考えずに、絵美さんの家にいきました。午後の二時ごろです。

趣味のいい調度品に囲まれた絵美さんの家のリビングに通されましたが、少し様子がおかしいことに私は気づきました。

私以外の友だちの奥さんたちは呼ばれていないのです。そしてその代わりに、色の白いやせた若い男の子が、もじもじと決まり悪そうに一人で立っていました。

私は思わず絵美さんにたずねました。

「ねえ、誰、この子……?」

するとと絵美さんは妖しい笑みを浮かべて、こう答えたんです。

「うふふ……いいでしょ？　私の、新しいペット……」

呆れて二の句の継げない私に、絵美さんは得意げに説明します。その説明によるとこの子は浩二《こうじ》君という名前で、大学生の二年生だということでした。

「それでね、彼、まだ童貞なの……」

絵美さんは美しい、それでいて残酷な笑みを浮かべて私に耳打ちしました。わざと彼の耳にも聞こえるように、そう言ったんです。

童貞、と言われたときに真っ赤になってうつむいた浩二君がかわいそうやらいじらしいやら、私までなんだか恥ずかしくなってしまいました。

絵美さんは私から離れて、浩二君のほうに行きました。そして浩二君の肩に手を置いて、体に触れます。浩二君は全身をこわばらせているように見えました。

「ねえ、この子の童貞……由紀恵さんと私で奪っちゃわない？」

絵美さんは彼の顎の下を指先で撫でさすりながら、私のほうを向いて言いました。

「えぇ……私は……そんな……」

躊躇する私の前で、もう絵美さんは体を浩二君にすりつけていました。そして彼の着ているものを脱がしにかかっていたのです。

いかにも普通の大学生が着ているような服装でした。セーターを脱がし、シャツの下から手を入れて、絵美さんの手が彼の胸板をまさぐりました。

「んんっ……」

浩二君の耳に絵美さんの唇が触れたとき、彼の口からせつない息が漏れました。

私はその場から逃げ出せばいいのに、それができませんでした。絵美さんと浩二君に目が釘付けになって、まるで動けなかったのです。

「ねえ、由紀恵さぁん……ちょっとだけ、オチ○チンを大きくするの手伝って」

絵美さんはそう言いながら、浩二君のズボンのチャックに手をかけて、ジーンズを脱がしてしまいました。

ボクサーパンツに包まれた浩二君のモノは、すでに大きくする必要なんてないように思えました。パンツの布を大きく盛り上げて、上に突き出していたのです。

絵美さんはその膨らみを白い指先で撫でさすり、焦らし、刺激します。

私は無意識のうちに、つばを大きく飲み込んでいました。手に汗が滲みます。

「ねぇ、ほら……由紀恵さんも……ね……ちょっとだけ……？」

ふたたび絵美さんに促されて、私はまるで夢遊病者のようにふらふらと浩二君の体に近づいていきました。

そしてゆっくりと、浩二君の股間へと手を差し出しました。

浩二君のモノは、絵美さんの手で下から支えるように持ち上げられていました。

その頭の部分に、私は指先で、つん、と触れてみたんです。

「うぁふんっ……！」

浩二君が目を閉じたまま、おかしな声をあげました。

指先に熱い、ねっとりとしたものを感じました。浩二君のオチ○チンの先からは、すでに何か溢れ出していて、それがパンツの布越しにシミ出したんです。

「よかったねぇ、こんなキレイな奥さんに、汚いオチ○チンを触ってもらえて……」

絵美さんが浩二君の耳元に囁きます。

私の心臓がドクドクと、緊張の鼓動を打ちました。

夫への罪悪感は、不思議と起こりませんでした。

浮気、という感覚からはほど遠かったんです。それよりもむしろ、犯罪チックというか、イケナイことをしている、という感じでした。

だって、絵美さんにしても私にしても、もし若い頃に男の子を産んでいたら、これくらいの年齢になっていてもおかしくないんです。浮気というよりは、自分の子供に悪戯をしているような、そんな気がしてしまうんです。

でもそれって、ただの浮気以上にタブーなことですよね……。

私はなんだかぼうっとしながら、浩二君のオチ○チンを触りつづけてしまいました。

布越しに、粘ついた体液がどんどんシミ出してきます。それを手でこねくるようにして、少しずつ、肉の棒そのものを握りしめるようにつかんでいきました。

「んっ……うっ……あっ……！」

我慢しようとしても漏れてしまう、そんな感じの浩二君の吐息が聞こえてきます。

浩二君の体には絵美さんの腕がしっかりと巻きついていて、逃げ出そうにも逃げ出せない状態になっていました。

「そんなに焦らしちゃかわいそうよぉ……。じかに触ってあげたら……？」

絵美さんは私にそう言いながら、浩二君のシャツの中に入れた手を蠢かせていました。どうやら、彼の乳首を刺激しているようです。

私はボクサーパンツのゴムに、指先をかけました。

そしていきり立ったオチ○チンに引っかからないように引っ張りながら、パンツを下ろしたんです。オスの匂いが鼻先に立ち込めました。

それでも引っぱりが十分でなかったのか、オチ○チンの先端がパンツのゴムに触れて、亀頭がプルンと弾かれるようになりました。

「んくっ……！」

浩二君の小さな悲鳴が聞こえます。とてもせつない声でした。

ピンクの丸い肉の塊が、目に飛び込んできました。浩二君の亀頭です。

「こんなに……大きく……」

私は思わずそう呟きながら、目の前の肉棒に手を伸ばしました。

手がじかに触れたとたん、浩二君の腰が大きくビクンと動きました。私はもう、絵美さんに促されなくても自分の意思でオチ○チンを刺激していました。肉の茎の部分を握りしめて、上下に動かしたのです。

最初はゆっくり、じょじょに動きを速くして……。

「んっ、あっ、はぁ、んんっ……！」

私が指の先に力を入れると、浩二君の鼻息がどんどん荒くなっていきます。それがなんだか面白くて、ついつい手の動きが速くなってしまうんです。

「うぅ……もう、俺……！」

浩二君が限界近くまできたとたん、絵美さんがいきなりオチ○チンの根元をつかんで、ギュッと握りしめてしまったんです。

「ダメダメ……まだここで出しちゃ、もったいないでしょ？」

絵美さんは妖しい表情で、私に言うとも、浩二君に言うともなく言いました。

浩二君は何とも言えない、泣いているような顔でした。

私も一時は取り乱していたけど、少し落ち着きを取り戻しました。

「絵美さん……や、やっぱり、ちょっと、こういうのは……」

なんとかして、ここから逃げようと思ったんです。

しかし絵美さんは意に介しません。場のペースを、完全に牛耳っていました。

「このままここで、っていうのもアレだし、まずはお風呂に入らない？」

そして絵美さんは、こう付け加えたのです。

「うちのお風呂、三人くらいなら楽に入れるから……」

気がつくと、私は浴室の脱衣場で絵美さんと二人がかりで浩二君の服を脱がしていたんです。もちろん、自分たちも裸になりました。

絵美さんの裸は、見事なものでした。つんと上を向いた乳首に、大きなおっぱい。スレンダーなのに、お尻はボリュームがあって、それが理想的なクビレを形作っていました。女同士でも、思わず見とれてしまうような裸だったんです。

私も、体のラインや肌には気をつかっています。ここ最近ダイエットをしていたこともあって、絵美さんほどの肉感はありません。でも肌のツヤはやっぱり二歳分、絵美さんよりも勝っていたんじゃないかなって、思います。

そして浩二君はというと、ちょっとやせすぎで、男としては色白すぎるように思えました。まるで、小さい女の子みたいなんです。でもそこがまた、守ってあげたいというか、逆にイジメてやりたいような、変な気持ちをこちらに起こさせるんです。

浩二君のオチ○チンは絵美さんに寸止めされてしまったせいで、ビンビンという状態ではなくなっていました。でも半分くらい盛り上がって、なんだか情けないかたちになっています。それを本人も恥ずかしがっているのか、しきりに前を隠そうとするのですが、そのたびに絵美さんに手を払いのけられてしまうのです。

「ほらぁ……由紀恵さんにもちゃんと、見てもらいなさい……？」

改めて見てみると、浩二君のオチ○チンはけっこう大きなモノでした。

膨らみかけだから、一概に比べることはできませんが、夫のよりも大きいような気がしました。やっぱりオチ○チンだから色は浅黒くなっていて、それが肌の他の部分の白さと対比されて、妙に卑猥に見えるんです。

（まるで、女の子の体に大人のオチ○チンがくっついてるみたい……）

私はなんだかうっとりと見つめてしまいました。白を基調にした浴室は絵美さんの言うとおりとても広く、浴槽の中にも三人で入れそうなスペースがありました。

「さあ……体を洗ってあげる」

シャワーを浴びるとすぐ、絵美さんはボディソープを手に取りました。そして泡立てずにそのまま浩二君の胸板に塗るのです。それから自分の大きなおっぱいを浩二君の薄い胸に押し当てて、ゆっくり上下に動かしはじめたのです。

「うっ……あはぁ……」

至福、って感じの声が、浩二君から漏れてきました。

私はこのとき浩二君の後ろにいたので、絵美さんの真似をして浩二君の背中にボディソープを塗って、自分の体を押し当てながら泡立てたんです。

ヌチャヌチャとした感触に、ついつい乳首が感じて硬くなってしまいます。

肩越しに浩二君の股間を覗き見ると、そこには絵美さんの手が伸びています。

「またこんなに大きくして……」

絵美さんの言葉どおり、浩二君のオチ○チンは硬さを取り戻していました。

絵美さんの白い指先がそこにまとわりついて、浩二君が悶絶します。

そしてたっぷりつけた泡をシャワーで洗い流すと、絵美さんはおもむろにそこに唇を近づけ、一気に根元まで呑み込んでしまったんです。

「うっあぁ……！」

私と密着している浩二君の体が、小刻みに震えました。私も浩二君の肩越しに見る絵美さんの淫らな舌づかいに、視線が釘付けになっていました。

その光景を見ながら、私は知らず知らずのうちに浩二君の胸板に手を伸ばして、指先で彼の両方の乳首をクリクリと弄ってしまいました。

アソコがジンジンと、くすぐったいくらいに疼きました。まるでそれを見透かしたように、フェラチオ中の絵美さんが浩二君にこう言ったんです。

「ぷふぅ……ほらぁ、自分だけ気持ちよくなってちゃダメでしょ？　由紀恵さんのオマ○コもガマンできなくなってるんだから、舐めてあげなさい……」

浩二君は、動揺していました。

「でも……どうやって……？」

「仰向けに寝てごらんなさい」

浩二君は浴室の床の上に仰向けになりました。その間もずっと、絵美さんは彼のオチ○チンを舐めたり、しごいたりしているのです。

浩二君が仰向けになると、絵美さんは私に言いました。

「由紀恵さん、浩二君の顔の上に、座ってあげて」

心臓がドキドキしました。そんなこと、これまでしたことがありません。でもなぜだか、浩二君も私も、絵美さんには逆らえないのです。

私はお尻を持ち上げ、浩二君の顔の上にまたがりました。ちょうど、私が絵美さんと向かい合うような姿勢です。

（やだ……これって、お尻の穴まで見られてるんじゃ……）

恥ずかしくて頭の中が熱くなりました。中腰の脚が震えました。

「そう……そのままゆっくり、腰を下ろしてあげて……」

絵美さんの言う通りに腰を下ろすと、アソコにピチャッという感触を覚えました。

浩二君が、舌を突き出して待ち構えていたんです。

「んあぁ……ん！」

全身の力が抜けていきます。私は思わず浩二君の胸に手をつきました。

指先が乳首に触れると、浩二君の尖らせた舌先が私のアソコをさらに激しくえぐってきたんです。誇張でなく、痺れるような気持ちよさでした。

テクニックがどうとかじゃないんです。お友だちの絵美さんが見ている前で、こんな年端もいかない男の子の舌でアソコを舐められているっていう事実に、たまらなく興奮しちゃったんです。苦しそうな荒い息が、自分の股間から聞こえてきます。もしかしたら窒息させるんじゃないかと思ってときどき腰を浮かすんですが、アソコやお尻の穴をまともに見られるのが怖くて、またすぐにふんづけちゃうんです。

「あ、あ……ダメぇ、そんなに舐めちゃぁ……！」

私はとうとう声をあげてしまいました。

でもそのとき、浩二君のほうでも限界を迎えてしまったんです。

絵美さんに咥えられ、しごかれていたオチ○チンが「暴発」しちゃったんです。

勢いよく飛び出した白い体液が絵美さんのキレイな顔を汚した瞬間、私も思わず、あって声をあげちゃいました。

「うぅ……す、すいません……」

情けない声であやまる浩二君ですが、オチ○チンは硬さを失っていません。

絵美さんは、特に怒ったようすもありません。

「さて……じゃあベッドにいきましょうか。オチ○チンの先を指で弾きました。まだデキそうだしね」

三人とも裸のまま、簡単に体だけ拭いて、寝室へと向かいました。

絵美さんはそう言って、浩二君の肩に手を置いてベッドに近づき、改めて濃厚なキスをしながらベッドに彼を押し倒しました。

「んあ、んん……!」

浩二君は夢中で絵美さんの唇を貪ります。こんなキレイな女性を前にしたら、獣になっちゃうのも当然でしょう。たとえそれが親みたいな年齢でも……。

見ているこっちが時間を忘れるくらい長いキスのあと、絵美さんが言いました。

「ふぅ……じゃあ、せっかくの童貞は由紀恵さんにあげちゃおうか?」

「えっ……わ、わたし?」

心臓がバクバクしてきました。ここまではギリギリ、ちょっとした悪戯と言えなくもない範囲でした。でも本当に最後までしちゃったら……。

しかし「童貞を奪う」という言葉に私が興奮していたことも、事実なんです。

絵美さんに肩を抱かれ、ベッドに仰向けになった浩二君のオチ○チンの前へと移動させられました。ビクビクと、血管を浮き立たせた肉の棒が天を突いています。私は浩二君の両脚の間に顔を埋《うず》めて、その肉棒に手を添えました。

そして舌先で裏筋を、タマタマの袋のあたりから上まで舐め上げたんです。

「ひっ……くぅ……!」

浩二君の声に興奮して、夢中で舐めつづけてしまいます。亀頭の先端から溢れ出す汁を舐めとると、浩二君の下半身がビクッと痙攣しました。

ふと見ると絵美さんが浩二君の体に覆いかぶさって、濃厚なキスをしています。浩二君は目を閉じて、ひたすら快楽に身を任せていました。

(私も負けてられない……!)

絵美さんへの対抗心がムラムラと心に持ち上がって、私は浩二君の猛ったオチ○チンの上にまたがりました。そして手で支えた熱いオチ○チンを、自分のオマ○コの中へと導いていったんです。

「んんっ、あぁ……!」

私と浩二君が、同時に淫らな息を漏らしました。根元まで入り込んだんです。

思えば、童貞の男の子とセックスをするなんて初めての体験です。感動して、オマ○コがキュウッと締めつけました。

「き……気持ちいい……！」

浩二君が絞り出すような声で言いました。

私は騎乗位の体勢でゆっくりと腰を動かしはじめました。浩二君の乳首を、絵美さんの指先がしつこく責め立てます。浩二君は目に涙を浮かべて感じています。

「んっ、あっ、はぁんん……私も、気持ちいいィ……！」

私の腰の動きがどんどん速くなります。自分の意思ではもう止められません。

やっぱり、夫のより大きい……そう思いました。ゴツゴツと硬くて、若さを感じてしまうんです。オマ○コの内側を、ゴツゴツが擦り上げていきます。

「由紀恵さんのオマ○コ、すっごくいやらしい……！」

絵美さんも、私と浩二君のつながっている部分を見て興奮の表情です。

「あぁ、あぁ、あぁ……んんあああぁんっ――っ!!」

私の性欲が爆発してしまいました。アクメに達してしまったんです。

そしてそれと同時に、絵美さんにディープキスをされている浩二君も絶頂に達しました。そして若い、熱いほとばしりを、体の奥にぶつけられたんです……。

第四章

欲求不満から痴女と化した熟牝

四十路を迎えて発情期を迎えた痴女
さまざまな男とのセックス体験記

笠倉佳奈（仮名）　主婦　四十歳

　同い年の夫とは三十歳のときに婚活パーティで知り合って結婚しました。早いもので結婚生活は十年を迎え、夫婦仲は悪くありませんが、期待した子供は結局できませんでした。

　夫婦仲は悪くはありませんが、セックスに不満がありました。セックスレスというわけではありませんが、四十歳になった頃から、夫のおざなりで義務的なセックスで満足できなくなりました。

　もちろん個人差もあるのでしょうが、男の四十代は性欲減退期で、女の四十代は性欲亢進期なのではないでしょうか。

　閉経前のラストスパートと考えると、なんだか自分が動物になったような気がしますが、そういうものかもしれません。

とにかく実感として、今の自分が性に貪欲になっていると感じるのです。

最初の相手は、会社の同僚のTでした。同期の彼とは、お互い新入社員時代に一度だけそういう関係を持ったことがありました。初めて同士じゃないという心安さもあって、誘わせるのもそれほど抵抗なく、相手もすぐに乗ってきました。

残業で遅くなって、案件が片付いた祝杯を上げようと居酒屋に寄り、そのまま終電を見送って、ホテルに行きました。

夫には、会社の仮眠室に泊まるとメールで伝えました。彼も、ベッドの並んで座って、奥さんあてに同じようなメールを送っていて、なんだかおかしみを感じたものです。

私たちはキスしながら抱き合い、ベッドに倒れ込んでお互いの服を脱がせ合いました。年齢を経た身体を見られる恥ずかしさに身の縮まる思いでしたが、彼は全然気にしないみたいでした。

「君は、全然、変わらないね」

うれしいのは当たり前ですが、それでもやはり恥ずかしさが先に立ちます。

「嘘ばっかり。ねえ、電気消そうよ。それで、若い頃の私の身体を思い浮かべながらしてよ？」

記憶に残る美しい頃の私の肉体。もちろん、自分で美化しているだけで、本当は若い頃も、そんなにいいものではなかったかもしれませんが、それでも、張りもつやもあり、しわもたるみもなく、今よりは華やかな身体だったのではないかと思うのです。

「経年劣化？」

彼はそんな冗談を言って笑いました。会社の備品みたいな言い方をされるのは、たとえ冗談でもいい気分ではありませんが、そう言えばこの人はこういう冗談を言う人だったなあ、と、会社の外で触れ合う彼の感触が妙に懐かしく、私の性欲が高まってきました。

「あなたの下腹だって、昔はこんなにメタボじゃなかったくせに」

私は彼のお腹を撫で、その分厚い贅肉をつかんでやりました。

「まあ、たしかに、俺のはみっともなく変わったけどね。でも、君の身体は今でもすごく素敵だよ。変わらない、と言ったのは嘘じゃない。多少の変化はあっても魅力的であることが『変わらない』って意味だよ」

うれしいことを言ってくれます。そんな言葉は、ますます私を興奮させます。

彼は、耳から首筋に唇を這わせ、乳房まで舐めくだりました。彼の唾液が、ナメクジの歩いた跡みたいに、ベッドライトを反射して、きらきらと光っていました。

それはなんというか、官能的な光景でした。舌先が乳房を舐めのぼり、頂上の乳首に至りました。

「はぁあんんんぁあああああぁ……」

手のひらで乳房全体をおおうようにして揉みしだかれて、下腹がジンと熱くなりました。子宮が疼きました。

彼の舌は乳房にとどまらず、さらに舐めおりてヘソをくすぐり、太腿の付け根をなぞって、わざと陰部をはずして内腿から膝の裏、スネまでを這い回りました。

足指の一本一本を舐めしゃぶり、そうして今度は逆に脚を舐めのぼり、やっとアソコにたどり着きました。その気持ちよかったこと。

大陰唇をなぞり、小陰唇をかき分け膣口をくじり、力を込めて硬くした舌先でクリトリスを突きました。

包皮がめくれてむき出しになったつやつやの真珠のような陰核が、それこそ真珠貝を狙うタコの足先みたいな舌にいたぶられました。

吸盤のようにすぼめた唇が、ちゅうっと音を立ててクリを中心にアソコ全体を吸い上げました。

「あ、あ、あああああぁッ！」

彼のセックスは若い頃とは違って、愛撫に時間をかけるねっとりしたものでした。三十分も四十分も、裏にして表にして私の肉体を舐めしゃぶるのでした。

「はぁあんんぁあああああぁん、あん、あんん……」

甘いあえぎが、私の喉からしぼり出されました。

ああ、これ。この感覚。私がずっと求めていたのは、自分が宝物になったような気持ちになれる、この感覚なのでした。夫とのセックスでは絶対に感じられない感覚でした。

そして、ようやく、彼のペニスが挿入されました。夫と同い年とは思えない、立派な勃起でした。鉄のように硬いオチ○チンが、私のアソコを貫きました。

「ああッ！　スゴイ！　スゴくイイ！　ひぃいいいいいいぁあああぁッ！」

私は、悲鳴のようなヨガリ声をあげて、瞬く間に絶頂に達してしまいました。

正常位にはじまって、後背位、騎乗位と、これヤッとかなきゃ損、とでもいうかのように、彼は本当に熱心に私の肉体を弄びました。

私も存分にヨガリ狂い、イキまくって、行為を心から楽しんだものです。

「昔から、一盗二卑三妾四妓五妻って言ってね」

終わったあとの余韻に浸りながら、彼はそんなことを言いました。

「何それ？」

聞けば、男が恋焦がれる対象の順番なのだそうです。「盗」はつまり他人の妻を寝盗ること、「卑」は下女、女中、使用人に手をつけるパターン、「妾」は愛人を囲うこと、「妓」は商売女と遊ぶこと、「妻」はもちろん自分の妻です。

男にとって一番楽しい恋愛、一番燃えるセックスは、人妻を盗んでヤルことであり、一番つまらない最低のセックスが、自分の妻とヤルことである、と。

なんとなく、その言葉が頭から離れなくなり、私は「盗まれる」側の人間でありたいと思うようになりました。

でも、彼とどっぷり不倫関係にハマるつもりはありませんでした。関係が安定すれば刺激がなくなり、私は盗まれる価値のない人間になってしまうからです。それは絶対にイヤでした。だから、たくさんの人と関係を持とうと考えたのです。

そう考えて次の相手を探していたわけではありませんが、宅配便の配達員と、そういう関係になりました。以前から何度か家に来ていた人で、夏の暑いときなどに麦茶を出したこともありました。

年齢は三十歳で、ちょうど私より十歳年下です。まだまだヤリたい盛りなのでしょう。誘いをかけたら、すぐに乗ってきてくれました。

私の勤めは日曜日が休日ではなく、週のシフトによって休みの日が違います。その日は仕事が休みで他に出かける用事もなく、一日家にいる日でした。

私は、前日に受け取った不在連絡票を思い出して宅配業者に電話したのです。ネット通販で注文した下着でした。電話を受けて届けに来た配達員を、私はコーヒーをいれて出迎えました。

私は、彼の目の前で、これみよがしに荷物を開けました。魅惑的で扇情的な女の下着です。配達員がどぎまぎする様子を見て、とても可愛いと思いました。

「素敵な下着ですね」

「下着なんて、そこにあるだけじゃただの布切れじゃない。女が身につけて、その身体が魅力的に見えて、はじめて価値のあるものになるんだよ」

「そういうもんですか」

「だから、下着の価値が知りたかったら、女が身につけたところを見なきゃ」

私が、意味ありげな熱視線を送ると、配達員はごくりと音を立てて唾を飲み込みました。上下する喉仏が可愛く見えました。

「……見せてくれるんですか？」

配達員は、身を乗り出してそう言いました。その拍子にコーヒーが少しこぼれて、宅配会社の制服に染みを作りました。

「見たいの？」

「もちろん」

「じゃあ、お願いして？」

「お願い？」

彼が困って黙り込むのを、私は余裕の微笑みを浮かべてながめました。自分が求められるのはなんて気分のいいことでしょうか。

「ええと、見せてください。お願いします」

「そんなに見たいの？」

「それはもう、すごく見たいです」

手にしたカップからまたコーヒーがこぼれて、じわじわと広がる染みは、つなぎタイプの制服の腹から股間へと向かいます。

「それよりまず、その染みをなんとかしなきゃ」

私は、布巾を絞って彼の制服の染みをふきました。

「あ、あの。ちょっと。平気ですから」

彼は腰を引いて私の手を避けました。それもそのはず、もう彼のオチ○チンは勃起していました。制服の上からでも、触ればはっきりとわかりました。

「私のを見せたら、あなたのも見せてよ？」

私はそう言って、下着を着替えました。さすがに目の前で着替えるのは恥ずかしかったので、隣りの部屋で着替え、ファッションモデルみたいに、下着姿で彼の目の前まで歩いていきました。それもとても恥ずかしかったのですが、彼が一生懸命見ていることが感じられたので、それで帳尻が合うというか、かなり私の恥ずかしさが緩和されたような気がします。

「どう？」

「すごく素敵です」

「下着が？　それとも中身のほう？」

「もちろん、中身ですよ！」

そんなことは当たり前、という調子で彼は言いました。とても素直で、いい子でした。若くて初々しくて、そんな彼が、私の下着姿に生唾を飲み込んで見つめている。勃起させたペニスを抱えて、目を潤ませている。可哀相で、可愛くて、こんなにも必死で、私の肉体を欲しがっている。私を盗みたがっている。

「ありがと」

私はそう言って、彼に近づいて、額にチュッとキスしました。

「さあ、約束。あなたのも見せて?」

シャイな彼は、しばらくはもじもじと恥ずかしがっていましたが、やがて意を決して、股間を隠す手を緩めました。私は、つなぎタイプの制服のチャックを首元から股間まで一気に下ろしました。トランクスを突き破らんばかりの勢いで勃起するペニスを解放してあげなくては。

キッチンテーブルのイスに腰掛けた彼の両脚の間に、私はひざまずきました。太腿を脇に抱え込むようにして、股間に顔を近づけます。

「あの、シャワーを貸してもらえませんか? 昨日から風呂に入ってないし……」

もごもごと口ごもりながらそう言う彼の言葉を無視して、私はフェラチオをはじめました。

まずは、ごつごつと血管の浮いた肉棒を根元から舌を這わせます。そのまま亀頭まで舐めのぼり、カリの部分を丁寧に舐めました。

若い頃はどちらかと言えば潔癖症で、汚れたペニスなんて嫌悪の対象だったかもしれませんが、年齢のせいでしょうか、そういうことが気にならなくなったように思います。

それどころか、臭いほうがそそられるというか、匂いも愛おしい。官能をかき立てられる。エッチな気分になります。

私はがっぷりと亀頭をくわえ込みます。円を描くように舌をめぐらせて舐めしゃぶります。口中に込み上げた唾液がだらだらと流れて肉棒に垂れるのを、指先で受けてそのままなすりつけるようにして馴染ませました。

もう一方の手は下方にもぐりこませて、陰嚢を撫でさすります。ここは微妙なところですから、柔らかく、優しく愛撫しないといけません。袋の奥に玉の存在が感じられます。

「ああ、すごいです。すごく気持ちいい……」

彼が熱くため息をつくのを、私はオチ○チンをくわえたままの上目遣いで見上げました。彼もそんな私をじっと見つめています。フェラチオする側とされる側の目線がからまります。奉仕の悦びが胸に込み上げました。

私は、頭を上下させて、ペニスをしごき立てました。じゅぷじゅぷと唾が泡立ち、いやらしい音が響きました。

「ああ、気持ちよすぎて、イッちゃいそうです。ちょっと、待って……」

私は聞く耳持たずにフェラチオを続けました。上目遣いで彼をひたと見つめます。そのままイッていいから。そういう思いを伝えたつもりでした。

伝わったのか、それともそれとは関係なく我慢できなくなったのか、程なく彼は絶頂に達しました。ぐんと腰が跳ね、両脚がぴんと伸びました。配達業務で鍛えられた太腿の筋肉が、私の腋の下で緊張するのがわかりました。

同時に肉棒がぶわっと膨張し、硬く硬く張りつめました。一拍置いて、亀頭の先端から、びゅるびゅると粘り気の強い精液が飛び出しました。ものすごい勢い。ものすごい量でした。さらにびくんびくんと脈打ちながら、びゅる、びゅるっと断続的に残り汁が続きます。どれだけ溜め込んでいたんだろうと感心するくらいの射精でした。

私は口からこぼれそうになるのを堪えて、全部飲み下しました。

あふれた精液も指ですくい上げ、舌でからめ取り、尿道に残る名残も、ちゅうっと音を立てて吸い上げて、最後の一滴まで飲み干しました。とても美味しい精液でした。

苦いし、独特の臭気があり、若い頃はこれを飲むなんて考えられなかったものですが、これも年齢を経てわかる味わいというものでしょうか。

「イッちゃいました。ごめんなさい」

彼は含羞と脱力の中で微笑みました。照れ臭そうなその様子に、私の子宮が疼きました。

「いいよ。若いんだから、またすぐに勃《た》つでしょう？　それまで舐めていてあげる」

射精を終えてだんだんと力を失いつつあるペニスを舐めながら、私はそう言いました。

萎縮したオチ○チンは、独特の触感というか、食感があります。マシュマロのようなふわふわのぷにぷにです。私は優しく口中に含んで、舌で転がしました。

何分くらいそうしていたでしょうか。十分か、二十分か、そんなものです。さすがの若さで肉棒がふたたび力を取り戻しました。

「ねえ、入れていい？」

私はそう言うと、セクシーランジェリーを脱ぎ捨てて、イスに腰掛けた彼にまたがりました。私のアソコはフェラチオをはじめたときからとっくに愛液を垂れ流していましたから、なんの苦労もなく、ずっぽりと、奥の奥まで一気にペニスを迎え入れました。

「はぁああぅうううううんんんんんんんんッ！」

強烈な刺激が背筋を駆け抜けました。膣の奥、子宮から、脳天にズドンと響く快感でした。

「ああ、すごく、気持ちいいッ！」

私はそう言って、彼に抱きつきました。そのまま彼の唇に吸いつきます。キスをしてから、気づきましたが、彼とキスをするのははじめてでした。キスの前にフェラチオして、ペニスを迎え入れたわけです。いろいろと順番が間違っている気もしましたが、それも大人の恋でしょう。

腰を回し、亀頭が私の膣内の敏感ポイントに擦れるように、探りながら動きました。

「僕も、気持ちいいです。またすぐに、イッちゃいそうです」

そう言って、彼が下から突き上げてきました。ずんずんと衝撃が響きました。がくがくと震えがくるほどの快感でした。私はどこか遠くに飛ばされそうな気がして、彼の肩にしがみつきました。

「ねえ、ねえ、イクときは言って？　また、全部飲んであげるから」

悲鳴にも似たあえぎ声をあげながら、それだけはなんとか伝えました。彼はうんうんとうなずいて、理解したことをしめしました。

「イクよ……ッ！」

がんがんと強烈なラストスパートのピストンを繰り出したあとで、彼は短くそう言って、私の尻を持ち上げました。私は大急ぎで彼の爆発寸前の亀頭にむしゃぶりついて、激しく噴出する白濁液を口で受け止めたのです。

こういうのは癖になるのでしょうか。気がつけば、独身時代よりも、よほどの頻度で新しい相手とセックスしています。

通っているスポーツクラブのインストラクターとも関係を持ちました。インストラクターという職業柄、そういう誘いは日常的にあるらしく、これも苦労はありませんでした。教室でメールアドレスを交換して、何度か会話して、食事に誘い、そのままホテルに行きました。

スポーツマンの発達した筋肉は、もう触っているだけでほれぼれするものでしたが、ピストンも強烈でした。がんがんと背後から突かれて、何度昇天したかしれません。

彼とは、ホテルだけでなく、スポーツクラブの更衣室でも抱き合いました。その日最後の教室が終わって、生徒たちが帰ったあとでしたが、ほかにも職員は何人か残っているタイミングでしたから、やはり気が気ではありませんでした。並ぶロッカーに両手をついて、立ったままで背後から責め立てられました。

「うッくうぅううう……ッ！　……気持ちいいッ！」

つい大声を出してしまいそうになるのを堪えながらの行為は、それはそれで燃え上がるものです。それでも声が漏れてしまうのを、彼が背後から回した手で私の口をふさいだりもしました。それはまるでレイプされているみたいな錯覚さえ起こす行為でした。

相手の顔の見えない後背位で、手で口をふさがれ、肩をつかまれ、がんがんと腰を叩きつけられる。突き出した私の尻と彼の腹筋の割れた下腹がぱんぱんと音を立てる。暴力的で、屈辱的な体験でしたが、その強烈さが官能に火をつけました。

立っていられないほどの快感に、ロッカーについた両手がずるずるとすべり落ち、床に手をつく格好になりました。それでも彼はピストンをゆるめてくれません。そのままの体勢でがんがんと突き立てられました。

頭に血が上り、もう私は失神寸前でした。目の前が暗くなり、意識が朦朧《もうろう》となりました。それでも子宮を芯にした私の肉体は、この責め苦が続くことを心から望んでいたのです。

さすがに更衣室で行為に及んだのは一回だけで、そこまで乱暴なセックスもそのときだけでした。私も何度もしたいかと問われるとちょっと躊躇してしまうのですが、それでも忘れられない体験のひとつには違いなく、その後、思い返して何度もオナニーしてしまったくらいです。

今のところ夫にはバレていません。礼儀として隠してはいますが、もしバレて離婚になっても、それはそれでかまわないような気がしています。夫と私は収入の額も似たようなものですし、生活費は完全折半ですから、私だけが困るということはありません。

あとひとり誰かいい人を見つけて、不倫相手やセフレを四人キープしておけば、それぞれと月イチでセックスすれば、毎週誰かとできることになります。

将来のことはわかりませんが、当分はこんな感じでやっていけそうな気がしている私なのです。

嵐の夜、事務所で後輩とふたりきり犯してしまった一夜かぎりの淫らな過ち

涼本美耶（仮名）　会社員　三十八歳

とあるＩＴ系会社でデザイナーとして働いている兼業主婦です。

ふたつ上の夫と二人暮らしで、子供はいません。

今年の夏に、私が体験した出来事を聞いてください。

デザインの締め切りに追われていた私は、後輩の桑田《くわた》君という男性社員と二人で残業していました。

彼とはウマが合うというか、気さくに冗談を言い合ったり、姉と弟みたいな関係は築けていたと思います。その日は大型台風が本土に上陸し、事務所に泊まるしかないかもなんて話していたんです。

案の定、雨風がどんどん強くなり、仕事を終えた十一時半には電車はストップしていました。この調子ではタクシーをつかまえるのも無理でしょうし、桑田君が近場の

コンビニに弁当を買いにいっているあいだ、私は事務所泊を完全に覚悟し、夫に携帯で事情を説明しました。

もちろん、事務所にいるのは私だけだと嘘をつきました。

そのときは、ただ夫を心配させたくないという思いだったのですが、桑田君は弁当といっしょにお酒を大量に買いこんできて……。

缶ビールを飲みながら互いの恋愛観やプライベートな話をし、私はいつしか心地のいい酔いに身を任せていました。

翌日は会社が休みということに加え、仕事を完了させてホッとした気持ちがあったのかもしれません。

「涼本《すずもと》さん、実はぼくのタイプなんですよ」

そのひと言で胸がときめいてしまい、全身が熱く火照りはじめました。

「やだ、酔っ払ってるの？　こんなおばさんをつかまえて」

「おばさんだなんて、僕と六つしか違わないじゃないですか。全然、ストライクゾーンですよ」

彼の顔も赤く、かなり酔いが回っていたのだと思います。

突然、椅子ごと近づいてきて、私の口に唇を被せてきました。

「……涼本さん」

「ちょっ……あ、んぅ」

拒否しようと思えば、できたはずなのに、私は桑田君のキスを受けいれてしまったんです。

柔らかい唇の感触と情熱的なキスに、頭が一瞬にしてポーッとなりました。気がつくと、私は自ら彼の舌に自分の舌を絡めていたんです。

唾液を注がれ、口の中を隅々まで舐めまわされ、舌をチュッチュッと吸われるたびに、身体の芯が蕩けていきました。

夫とはもう半年以上の営みがなく、性的な欲求が溜まっていたのは事実ですが、もちろんこれは言い訳ですよね……。

窓を打ちつける雨風の激しい音が、互いの罪の意識を隠してくれるようで、もはや私の頭の中は性感一色に染まっていました。

今にして思えば、なぜあんな不埒で淫乱なマネができたのか。考えただけで、赤面してしまいます。

「ン、ふっ、ン、はあぁぁっ」

桑田君の手がブラウスの胸元をまさぐり、はたまた背中やヒップを撫でまわすと、私は鼻から甘ったるい吐息を放っていました。

高揚感がぐんぐんと上昇して、このときにはもう自制を働かせることはできませんでした。そして、自分から彼の股間に手を伸ばしちゃったんです。

桑田君のあそこはすでにカチカチの状態で、ズボンの上からでもペニスの大きさがはっきりと伝わってきました。

長くて太くて、夫では味わえない新鮮な刺激に、理性はすっかり吹き飛んでしまいました。それでもごつごつとした手がスカートをたくしあげると、私はさすがに拒絶しました。

この日は朝から暑く、エアコンがきいていたとはいえ、汗をたっぷりと掻いていたんです。

「ま、待って。シャワーを浴びさせて」

事務所はマンションの一室にあり、ユニットバスがついているので、女としてはシャワーを浴びたいという気持ちのほうが勝りました。

「もう我慢できませんよ。それにシャワーなんか浴びたら、涼本さんの匂いが消えちゃうじゃないですか」

「そ、そんな……あ、やっ」

桑田君は椅子から下り立ち、床に膝をついて、強引にスカートを捲りあげました。

「だめ、だめだったら」

拒絶の言葉も虚しく、本音を言えば、私もすぐに彼に抱かれたかったんです。

彼は足のあいだに身体を潜りこませ、ショーツの中心部に無理やり指を押しつけました。

「あ、ふぅぅぅぅっ」

グリグリと敏感な部分を執拗にこねまわされ、身体が宙に浮くような快感が打ち寄せました。よほど欲求が溜まっていたのか、私は恥ずかしながらすぐに軽いアクメに達してしまったんです。

快楽の余韻にどっぷりと浸かり、私はしばし愉悦の波間に身を委ねていました。

やがて下腹部がスーとしだし、慌てて目を開けると、ショーツはすでに膝元まで下ろされている最中でした。

「……あっ、桑田君、だめっ」

彼は童顔で真面目そうな外見だったのですが、女の扱いには慣れていたのだと思います。片足だけショーツを脱がし、大事な部分を手で隠すいとまも与えず、股間に顔を埋《うず》めてきました。

「ひっ、いぃいぃいぃン！」

私は身を仰け反らせ、奇妙な呻き声をあげました。

強大な快楽の渦が中心部に巻き起こり、同時に凄まじい羞恥が襲いかかりました。

おそらく、あそこは汗と体液で蒸れに蒸れていたに違いありません。

年下の同僚に汚れた箇所を舌で舐められるのですから、こんな恥ずかしいことはありませんでした。

「いや、いや、やあぁぁぁっ！」

ショーツを右足に絡めたまま椅子ごと後ずさるも、桑田君は股の付け根に吸いついたまま離れようとはしませんでした。

背もたれがデスクに当たる音が響き、逃げ場を失った私は腰を左右によじらせました。そして彼は舌を跳ね躍らせ、ピチャピチャといやらしい音を立てて、あそこを舐めまわしてきたんです。

「お願い、や、やめて」

必死の懇願を繰り返したとたん、桑田君は私の両太腿を抱えあげ、さらにプライベートゾーンを露《あらわ》にさせました。

「いぃひっぃいぃいぃンっ！」

舌先が生き物のようにうねり、敏感な肉芽を舐め転がしました。

じゅるじゅると愛液を啜りあげる音が聞こえてくると、恥ずかしいやら気持ちいいやらで、人格が破壊されるのではないかと思ったほどです。

「やっ、ンっ、ふっ、ン、はぁぁっ」

私は口元に片手を寄せ、いつの間にか歓喜の嗚咽《おえつ》を洩らしていました。

股間を見下ろしつつ、彼の舌の動きに合わせ、自らヒップを小刻みに揺らしてさえいたんです。

頭の芯がジンジンと疼いて、熱い潤みが絶え間なく溢れだしました。

羞恥心に代わり、バラ色の快感が徐々に勝っていきました。

とにかく、気持ちがよくて気持ちがよくて……。

私は桑田君の頭を押さえつけ、自ら女陰を押しつけていました。

めくるめく愉悦が身体を支配し、そのときは内からほとばしる感情を自分では抑えられませんでした。

「あ……やっ、イクっ、イクっ」

濃厚なクンニは五分ほど続いたでしょうか。

私は身体を引き攣らせ、二度目のアクメへと達してしまったんです。

椅子に背もたれ、悦楽の余韻に浸っているあいだ、桑田君は立ちあがり、ズボンとパンツを脱ぎ下ろしました。

もちろん私のほうはクンニだけで満足できるはずもなく、口の中は大量の唾が溜まっていました。

目をうっすらと開けると、コチコチのおチ○チンが股間からニョキッと突き立っていて、先っぽからは透明な汁が滲みでていました。

「……あぁ」

私は溜め息混じりの吐息を放つと、すぐさま床に跪《ひざまず》き、猛り狂った肉棒に指を絡めていったんです。

パンパンに張りつめた亀頭、横にパンと張りだした雁首、ドクドクと脈打つ血管。ペニスは熱くて、思っていた以上に硬く、ビンビンと反り返っていました。

夫のモノより、あきらかにふた回りは大きかったのではないかと思います。

シュッシュッと上下にしごくと、包皮が蛇腹のように上下し、胸が締めつけられるように苦しくなりました。

「お、お、き、気持ちいいです」

頭上から聞こえてくる桑田君の喘ぎ声をもっと聞きたくて、私は陰嚢から裏筋にかけて舌を這わせ、雁首をなぞり、尿道口をツンツンとつつきました。

「く、くおぉぉぉっ」

声を震わせ、身悶える姿がすごくかわいくて、私は上目遣いにうかがいながら懸命を奉仕を繰りだしました。

真上から亀頭をがっぽりと咥えこみ、上下の唇で肉幹をしごきあげていったんです。

汗臭い匂いが、口の中に充満しました。シャワーを浴びていないのですから、私のあそこもかなり匂いっていたことでしょう。

牡の芳香が鼻の奥を刺激するたびに、膣からはまたもや愛液が溢れだしました。

嫌悪感はまったくといっていいほどなく、このときは二人ともただの牡と牝になっていたのではないかと思います。

私は夫にさえ見せたことのない過激なフェラチオで、しなる肉筒を無我夢中でおしゃぶりしました。

じゅぷじゅぷっ、じゅぱ、じゅるるるるるるっ。

ペニスに大量の唾液をまぶし、ことさらいやらしい音を立てて、自らの性感をも高めていったんです。

「ンっ、ふっ、はっ、んふぅぅっ」

あそこが再びひりつきだすと、自分の指でクリトリスを刺激し、私は艶っぽい声を鼻から盛んにこぼしていました。

「す、涼本さん……そ、そんなに激しくしたら」

顔を猛烈な勢いで打ち振ったとたん、桑田君が我慢の限界を訴えました。

そのまま口の中に出されてもいいと思ったのですが、私のほうも我慢できなくなっちゃって……。

ペニスを口から抜き取り、私はデスクの上に腰かけ、はしたなくも足を広げて誘いをかけました。

「……入れて」

桑田君は足下に絡まっていたズボンとパンツを脱ぎ捨て、シャツだけを着たままの恰好で飛びついてきました。

「う、ん、ふぅぅっ」

再び互いの唇を貪りつつ、硬いおチ○チンが愛液でぬめり返った女肉の上をすべりました。

快感が何度も突きあげ、ヒップをおねだりするようにくねらせ、私はペニスを鷲摑んで膣の中へと導いたんです。

「ンっ！　く、ふぅぅっ」

陰唇をミリミリと押し広げ、先端が膣内にゆっくりと埋めこまれていきました。

圧迫感は凄まじいものでしたが、膣口をくぐり抜けると、大きな快感が襲いかかり、私は思わず彼の身体を強く抱きしめました。

太い肉棒が侵入してきたときの気持ちよさは、今でも忘れられません。

「あ、やっ、す、すごいっ！」

私は唇を離しざま、すっかり興奮して叫びました。

熱い脈動が膣を通して伝わり、息をすることすらままならなかったんです。

「涼本さん……全部入っちゃいましたよ。ほら」

結合部を見下ろすと、太い肉棒が股の付け根にぐっぽりと差しこまれていました。

「……いやっ」

ヌラヌラとした妖しい輝きがいやらしくて、恥ずかしさから視線を逸らすと、桑田君はシャツを脱ぎ捨て、私のブラウスのボタンをひとつずつ外していきました。

本当は早く腰を動かしてほしかったのですが、こちらから要求することはできず、彼の為すがままになるしかありませんでした。

ブラウスに続いてブラジャーが外され、私は上半身裸の恰好にされました。乳首はすでに根元から勃《た》っており、乳房もパンパンに張りつめていたんです。胸を揉みしだかれ、乳首を舐められると、愛液がじゅんじゅんと溢れてきて……。ガンガンと腰を突きたて、逞しいおチ○チンであそこを激しく貫いてほしい。私の気持ちを知ってか知らずか、桑田君は私の焦燥感をあおりました。乳房から首筋に、そして腕を上げさせ、腋の下に吸いついてきたんです。

「あぁ、いやっ、そこは汚いから」

「汚くなんて、ありませんよ。甘酸っぱくておいしいです」

顔が熱くなるほどの恥ずかしさも、このときは快感のスパイスになっていました。ベロベロと左右の腋を舐められるたびに腰がひくつき、女芯がさらにひりつきました。そして恥も外聞もなく、私は心の中の願望を口にし、恥骨をクイックイッとしゃくったんです。

「も、もう、入れてっ! おチ○チン、入れてっ!!」

桑田君はにやりと笑い、身を起こすと、腰をガツンと送りだしました。

「……ひっ!」

六歳年下の男性のピストン運動は、私の予想を遥かに超えていました。

重戦車さながらの迫力とともに、逞しい腰振りでペニスを突きたててきたんです。

頭の中が瞬時にして真っ白になり、快楽の高波が次々と襲いかかりました。

「やっ、やっ、やっ」

髪を振り乱し、裏返った声が自然と出てしまうほど猛烈なピストンでした。

身体が前後に激しく揺れるたびに子宮の奥がキュンキュンと疼き、私は赤子のように彼にしがみついていました。

「いい、いいっ！　すごいっ！　すごいわっ！」

「お、俺も気持ちいいです。さすがは人妻っ、涼本さんのおマ○コ、最高ですっ！」

ガツンガツンと恥骨のかち当たる音が響き、私も彼の動きに合わせて、ヒップを揺すりまわしました。

「なんで、そんなエッチな動きをするんですか？」

「だって……だって」

「腰が勝手に動いちゃうんですか？　僕、我慢できなくなっちゃいますよ」

「あぁぁぁっ！」

桑田君が負けじと腰をグリグリ回すと、膣肉が掻きまわされ、青白い稲妻が脳天を貫きました。

「イクっ、イキそう」

「僕も……イッちゃいますよ」

「いっしょに、いっしょにイッてぇぇぇぇっ！」

二人の身体は汗まみれの状態でした。

エアコンはつけていたのに、身も心も燃えあがり、毛穴から大量の汗が絶え間なく噴きこぼれてきたんです。

性感はぐんぐんと高みにのぼりつめ、私は絶頂への扉を開け放とうとしていました。

「あぁぁぁっ、イクっ、イックぅぅぅぅっ！」

「ぬ、おおおおぉぉぉっ！」

頭の中で白い火花が八方に飛び散ったあと、膣の中の怒張がドクンと脈動しました。私は膣壁を収縮させ、ひくつくおチ○チンをギューギューに引き絞ってあげたんです。桑田君はすぐさまペニスを引き抜き、私の下腹に大量の精液をぶちまけました。

ザーメンの量がものすごく多くて、スカートに飛び散り、あそこやデスクも白濁液まみれになりました。

私たちは肩で喘ぎ、しばらくのあいだ抱き合っていたのですが、驚いたことに、桑田君のペニスは少しも萎えず、ずっと勃起を維持したままでした。

あとで聞いた話によると、仕事の忙しさから溜まっていたらしく、疲れマラとやらも影響していたようです。

私のほうも快感の余韻がなかなか引かず、下腹部がまだ悶々としていました。アルコールのせいなのか、身体は延々と火照った状態。桑田君はティッシュでザーメンの拭き取ったあと、私の頭にチュッとキスをしました。

たったそれだけの行為で、腰がブルッと震えてしまって……。

またもや腋の下を舐めあげられると、性感が息を吹き返し、あそこから再び大量の愛液が溢れだしました。

「いやっ……だめだったら」

「だって……涼本さんの腋の下、すごくいい匂いがするから」

「……変態」

「涼本さんだって、いやらしいじゃないですか。また、こんなに濡らして」

指で女芯をまさぐられ、くちゅくちゅと淫らな水音が響き渡ると、私は唇を舌でなぞりあげながらおチ○チンをしごきたてました。

本当に、あのときは盛りがついてしまったとしか思えません。

桑田君は手と足の指を丹念におしゃぶりしてくれ、私もお返しとばかりに彼の乳首やペニスを舐めてあげたんです。

二回戦は、バックからでした。

シャワーも浴びずに両手をデスクにつき、ヒップを振って、私のほうからおねだりをしました。

桑田君は目をきらめかせ、硬直を崩さないおチ○チンを私の秘園に挿入してきたんです。

後背位だと動きやすいのか、ピストンの速度は段違いで、バチンバチンと恥骨がヒップを打ちつける音が軽やかに響きました。

「あっ、やンっ、ンっ、ふっ、すごいっ！」

一回目よりも気持ちがよくて、快感の風船はどんどん膨らみ、あっという間に破裂しました。

「またイッちゃう、イクっ、イックぅぅぅぅっ！」

身体を小刻みに痙攣させるなか、桑田君は一度出したことで余裕を持ったのか、なかなか射精しないんです。

私がエクスタシーに達したあとも延々と腰を振りつづけ、私はもう泣き声ではしたない声をあげつづけました。

いったい、何度イッたことか。

こうして私たちは欲望の赴くまま、互いの身体を貪り合ってしまったんです。

三時間ぐらいは淫らな行為に耽っていたでしょうか。

台風の勢力が弱まる頃にはすっかり酔いも覚め、私は徐々に罪悪感を覚えはじめました。

おそらく、桑田君も同じ気持ちだったのだと思います。

私たちは無言のまま始発で帰宅したのですが、気まずさは今でも続いたまま。

もう一度彼に抱かれたいという気持ちはあっても、後戻りできなくなるような恐怖心が先立ち、誘いの言葉などとてもかけられませんでした。

互いに変に意識し、今は仕事がやりづらくてしょうがないんです。

平凡な毎日に飽きあきした主婦が近所で見つけた年上の元カレと二重生活

安藤麗美（仮名）　専業主婦　四十三歳

夕飯の買い物のために行ったスーパーで彼の姿を見たとき、飛び上がりそうになりました。

あの頃と同じ肩までの長髪で、飄々とした、いかにも遊び慣れていそうな物腰。口元に微笑を浮かべて独りで買い物をしているその男性は、私が二十年前に交際していた元カレでした。

とっくに忘れていたはずなのに、胸がドキドキして、足まで震えてきました。

声をかけたいけれど、今日はメイクも服も適当だし、絶対に見られたくない……でもこの機会を逃したらもう二度と会えないかもしれない。そう思っているうちに彼はレジを通ってしまいました。

私は今年四十三歳になった女で、小学生の子供を二人持つごく平凡な主婦です。公務員をしている同い年の夫と十二年前に見合いで結婚、何不自由なく暮らしてはいるのですが、子育てに追われるまま女としての盛りを過ぎようとしている今、このままシワシワのお婆ちゃんになっていくのかと思うと、ときどきゾッとするほど自分の人生をつまらなく感じてしまいます。

それは、主人との夫婦生活が、結婚当初から子作りのためのものでしかなく、どこかですれ違っているような、味気のないものでしかなったことも影響しているんだと思います。

愛情がないとまでは言いませんが、すべてにおいて遊びのない、退屈な夫。あえてそういう堅物の夫を求めて結婚を決めた自分の責任ではあるのですが、ともすればため息をついてしまう日々を送っていたのも確かなのです……。

そんな有り様の私にとって、スーパーで偶然見かけた一つ年上の元カレである神崎《かんざき》君は、忘れかけていた大事なものを思い出させてくれる、とても見過ごせにできない存在でした。

私はほとんど衝動的に彼の後ろ姿を追いかけながら、若い頃の記憶を一つひとつ蘇らせていきました。

神崎君は、夫とは正反対のタイプの自由な人です。遊び人というわけではないのですが、物腰が軽くて女の子にすごくモテる、華のある男という感じ。付き合っていた当時、私はそんな彼のことが好きになりすぎてしまって、束縛しようとした挙句、彼の浮気を疑って自分から別れを決意しました。

決定的な証拠があるわけではなかったのですが、モテる彼の周りには常に複数の可愛い子がいて、どちらかと言うと地味な私は気が気ではなかったのです。

私が拗《す》ねると、神崎君は「俺はお前みたいな真面目な女が好きなんだ」と抱きしめてくれて、いつも情熱的に愛してくれました。

そのたびに何となく納得してきた私でしたが、あるときに彼と特に仲のいい女の子の一人から「私の彼と別れてほしい」って言われてしまって……。

ショックを受けた私は、彼の説明にいっさい耳を貸さず、一方的に別れを決めてしまったんです。

もしかしたら私の誤解だったのかもと、結婚するまでは何度も思い返したものでした。私が堅物の夫と結婚したのも、ひとえに神崎君との恋愛で傷ついた過去があったからで、そういう意味では私の人生にすごく大きな影響を与えた人でした。

その因縁の彼が、どうしてうちの近所のスーパーに？

買い物を途中で放り出して彼の尾行を続ける私は、下手な探偵のように電柱から電柱へ小走りに移動しながら、とうとう彼が私の家からたいして離れていないところにある、白いマンションで暮らしていることを突き止めてしまいました。

さらには部屋の番号や、外から見た窓のカーテンの色まで……。

独身なのか、仕事は何をしているのか、私のことを覚えているか、覚えているとしたらどう思っているか。そんなことを際限なく考えながら、私はいったんスーパーに戻って夕飯の買い物を済ませました。

ただ、家に帰って料理を作りはじめても、心はすっかりうわの空です。

子供が帰ってきても主人が帰ってきても頭の中は神崎君のことでいっぱいになってしまっていました。

その夜はとうとう、お風呂場で彼のことを思いながらオナニーまで……。

どうかしてるという気持ちもありつつ、あの頃の情熱的なセックスを思い出してオルガスムスに達した私は、お風呂から上がる頃には神崎君の生活をもっと探ろうと決意していました。

「ストーカー」という言葉が頭に思い浮かびましたが、「ただ遠くから観察するだけだし」と自分を誤魔化して……。

そして翌日のお昼過ぎ、今度は早めに買い物を済ませてから彼のマンションまで行ってみようと計画した私は、いつもより二時間も早くスーパーに行ってパッパとカゴに食材を入れていきました。

そうしていながらも考えているのは神崎君のこと一色。昨夜のオナニーのときに思い出したベッドの中でのアレコレが、また急に蘇ってきて顔がカアッと熱くなってしまったり……。

ニンジンを手に取って何か妄想している様子の中年主婦は、傍から見たら不気味だったかもしれません。

ところがちょうどそのときです。いきなり肩に手を置かれて「麗美《れみ》か？」と背後から声をかけられたので、カゴを取り落としそうになりました。そしてたちまち耳まで真っ赤に……。

声だけですぐにわかりました。私に声をかけてきたのは、紛れもない神崎君その人だったのです。

振り返ると目の前に懐かしい笑顔があって、私は目を見開いたままカチコチに固まってしまいました。

神崎君がそんな私に「びっくりしたなぁ。お前、今この辺に住んでたんか」と気さくに話しかけてきました。

私はこのとき、自分がどんな受け答えをしたのかを覚えていません。ただ神崎君の話した内容だけが頭に残っています。

それは神崎君が最近この近くに引っ越してきたばかりなこと、仕事は雑誌や広告のフリーのデザイナーで自宅を作業場にしていること、未婚で結婚の予定がないということなどです。

「そうか、お前は幸せにしてるんだな？」

私の左手の薬指を見て、懐かしいキラキラと光る瞳で私の目の中を覗いてくる神崎君。

私はうろたえて、目を逸らしたまま黙り込んでしまいました。

すると神崎君が「まあ、いろいろあるのかもしれないな。どうだ、今度オレの部屋で飲まないか」って、主婦にとっては大変な決心の要《い》ることを何でもないことみたいに……。

ドキッとしましたけど、その適当な感じがいかにも神崎君ぽくて、私はほとんど無意識に「うん」と答えてしまっていました。

携帯の連絡先を交換して別れたあと、単純すぎて恥ずかしいかぎりですが……私はもう彼の胸に飛び込んでいくことしか考えられなくなっていました。

家庭のことも考えなくてはとブレーキをかける理性もありましたけど、神崎君は器用な人なのできっと上手くいくだろうって、勝手に何もかも先走って、楽観的に考えて……。

神崎君としては下心なんてなんにもなくて、ただ私の愚痴でも聞いてやろうと思っただけなのかもしれません。

でも私には積もり積もったものが溢れんばかりにありましたから、こうなった以上は一秒でも早く会いたいと気が急くばかり。引き絞られた弓につがわれた矢のように、すっかり前のめりになってその日のうちにメールを打ち、翌日にはもうピュンッと彼の部屋へ遊びにいく段取りをつけていました。

どこの家の奥さんでもそうだと思いますが、平凡な主婦の生活にアバンチュールの場面なんて普通は一生ないんです。

退屈なまま死ぬか、それとも勇気を出して冒険するか、それを選べる機会を得られただけでも本当に幸運なことなんだって、長年の主婦生活で骨身にしみてわかっていたことも大きかったと思います。

翌日の午後、私が神崎君の部屋へ行ってどんなふうに振る舞ったかは、恥ずかしいまのであまり詳しくは書けませんし、きっと書くまでもありませんよね。

ちょっとだけ書くとするなら、「元カノで今は人の妻」という微妙な立場をいっさい顧みないで、女を剝き出しにしてグイグイ迫っていったんです。

案の定、彼はそのなりふり構わない態度に戸惑って、「おいおい、家庭があるんだろ？大丈夫かよ」と最初のうちはタジタジモード。でもこだわりの薄い彼らしく、「まあこれでお前が幸せになれんなら」と、途中からは割り切って私を抱いてくれました。

裸にされて彼のベッドに横たえられたとき、懐かしい匂いが鼻の奥にツーンと来て、思わず涙が溢れそうに……。

枕やシーツに彼の匂いが深く染み込んでいて、その深さが記憶を奥まで掘り起こしてくるんです。

身体まで若くなっていくような気がして……堅物な主人の前では見せられないようなポーズになることや、ちょっと過激な行為でも、神崎君が相手ならむしろ積極的に

していきたくなって……思い切って行動して本当によかったって思いました。

もちろんすごく気持ちよかったんですけど、「麗美、前より百倍スケベになったな」って言われたのは身悶えするほど恥ずかしかったです。


この日を境にして私は心身ともに彼にべったりになりました。

主人に内緒でセクシーな下着を買い揃えたり、お化粧品をワンランク上のものにしたり、若い頃とは違う自分の体を少しでも磨こうと思って、自宅でヨガをするようになったり。

みんな神崎君に愛してもらうためでしたが、それはヨリを戻したいとかそういうことではないつもりだったので、かえって迷いなく努力できました。

綺麗になった私に気づいた主人が「おっ」という顔をしていたのは、ちょっと皮肉でしたけど……。

逢い引きを繰り返すうち、神崎君は「そう言えば麗美はここが感じるんだったな」とか「これ好きだよな」って、若い頃のエッチを思い出してくれて、長年の間に眠ってしまってた私の中の性感をひとつひとつ、丁寧に掘り起こしていくようにしてくれました。

ただでさえ、四十路に入って性欲が増したと感じていたところでそんなふうにされてしまうと、主人との淡泊な生活へ戻る気になんてとてもなれません。このまま行ったらどうなっちゃうんだろうって、自分でも少し怖くなるほど、私はますます神崎君との内緒の性生活に溺れるようになりました。

そんなタイミングでやってきたのが、三日間の連休です。

一度でいいから神崎君の部屋にお泊りしたいと思っていた私は、夫が休みなのをいいことに、子供のお世話を一日だけ押しつけてしまうことにしました。そして「実家で法事があるから」と嘘をついてお泊りセットをバッグに入れて家を出たんです。

人付き合いの苦手な夫は、私の実家ともほとんど親交がなく、よほどのことでもないかぎり実家に問い合わせがいくことはないとわかっていたからできたことでした。

そうして過ごした夢のような一泊二日は、私の中の欲求不満を根こそぎ解消するような、素晴らしい時間でした。

ただ、ひとつだけハプニングがあって……。

主人から携帯に電話がかかってきて、ここで出ておかないと万が一実家に連絡されてしまったら困ると思って出たのですが、そのとき、私はベッドの中にいたんです。

「も、もしもし……？」

「お母さん？　すまないね、今、ちょっと大丈夫かい？」

主人は私のことを『お母さん』と呼びます。このとき、私は騎乗位の体勢で神崎君に真下から突き上げられていました。

「あっ……あぁっ……大丈夫よ。でも手短にお願い……い、今、あっ、ちょっとアレなのよ」

「××××」

「えっ？　な、うんっ……なんて言ったの？」

「なんだっけなアレ、度忘れしちゃった。アレを探してるんだけど、あれ……ナントカソースを」

「そ、ソースならあぁっ……れ、冷蔵庫じゃない？」

最初のうち、神崎君は電話の様子を慎重にうかがって、腰の動きを止めてくれていました。

でもだんだんと、ただ聞いているのに飽きてきたんだと思います。小刻みに上下に揺らしだしてきて、私は慌てて目で「やめて」と訴えました。

「冷蔵庫には入ってなかったんだよな。でもどっかで見た記憶があって」

「ソースって……そんなに種類ないううんッ！」

「どうした？　何か様子がおかしいね」

「せ、咳としゃっくりが……ああっ……さっきから止まらないの……」

慌てて嘘をつきました。

疑うことを知らない主人なので「ああそう」で済みましたけど、世の中の勘のいい旦那さんには通じないかもしれないですね。

顔を赤くしたり青くしたりしながら根気強く主人が要件をちゃんと言うのを待っていると、神崎君が下から手を伸ばしてきて乳房をまったり揉み回しつつ、乳首を指でこね回しはじめました。

私は片手でそれを制しようとするのですが、そうすると腰をクンクン突き上げてくるので、意識が下半身に行ってしまいます。

気持ちよさに頭の中が真っ白になりかけて、そもそも主人とどんなことを話していたのかも忘れかけてしまう有り様です。

「僕もちょっと風邪気味で……」

「お、大事にしてね……ンッ……明日には、ンッ私帰るからぁっ。じゃ、じゃあまた……何かあったら……」

「あっ、思い出したよ」

「んあっ」

「え？」

「な、なんでもな……何を思い……出したの……？」

「ソースのこと。オイスターソースだよ。確か、未開封のがどっかにあった気がするんだけど。あれは、未開封なら、冷蔵庫に入れなくてもいいもんだろう？」

オイスターソースの場所ならわかります。

私がホッしながら答えようとすると、神崎君が上体を起こしてきて、対面座位の恰好になりました。

私は首を横に振って、携帯を指さし、邪魔しないでと何度も目で訴えましたが、いたずら心でいっぱいの神崎君は顔に満面の笑み。昔からそういう困ったところがある人なんです。

「ふうぅっ！」

「えっ、何？　大丈夫？」

抱き締められながらリズムを付けて上下にバウンドさせられ、下のほうからはクチュクチュという粘着音まで小さく響きだしていました。

そんな状態で口を開いたら、どんな声が飛び出してしまうかわかりません。

私はとうとう携帯を手で押さえてしばらく自分が落ち着くのを待ちましたが、やっぱり無理だと判断して、いったん通話を切ってしまいました。

「もう！　そんなふうにされたらしゃべれないじゃない！」

「あはははは、麗美が声出すのガマンしてる顔、めっちゃ可愛かったよ。もっと見たいな」

こんなふうに言ってキスしてくるから、憎めなくて……それどころかますます好きにさせられて……。

「ダメ。神崎君をさっさとイカせてから、改めてこっちから電話かけるもん」

自分から激しくバウンドして彼を責め立てていきました。

でも対面座位から騎乗位に戻してスパートをかけても、やっぱり私のほうが先に腰砕けになって、途中からは神崎君のペースに。

きっと家では主人が子供のために何か料理を作ろうとしているはずなので、早く電話して教えてあげなきゃと思いつつ、体位をバックに替えられていいようにイカされ、さらに正常位でネチネチされて……。

これではいつまで経《た》っても電話なんかできません。

やむをえなくて、震える手で「シンクの上の棚。また後で連絡する」とメールを打ったときには、さすがに罪悪感が込み上げました。

だって、主人が遠く離れた実家にいると思っている本当の私は、実は料理も冷めない距離にして、家族の知らない男に深く貫かれてアンアン喘いでいるんですから。

最近、私は神崎君のために買い物をして、料理までするようになっています。献立はうちの家族用に作るのと同じものです。

ほとんど押しかけ女房ですが、彼は私が家庭を捨てる気がないことをしっかりわかっているので、安心して利用してくれているみたいです。

それに、若い頃より「百倍スケベ」になった私の体もすごく気に入ってくれているみたい……。

この二重生活、ちょっと忙しいですが、まだ当面は続けていけそうです。

◉読者投稿手記募集中！

編集部では、読者の皆様、特に女性の方々からの手記を常時募集しております。真実の体験に基づいたものであれば長短は問いませんが、最近のSEX事情を反映した内容のものなら特に大歓迎、あなたのナマナマしい体験をどしどし送って下さい。

●採用分に関しましては、当社規定の謝礼を差し上げます（但し、採否にかかわらず原稿の返却はいたしませんので、控え等をお取り下さい）。

●原稿には、必ず御連絡先・年齢・職業（具体的に）をお書き添え下さい。

〈送付先〉

〒101-8405

東京都千代田区三崎町２－18－11

マドンナ社

「告白シリーズ」編集部　宛

◉新人作品**大募集**◉

マドンナメイト編集部では、意欲あふれる新人作品を常時募集しております。採用された作品は、本人通知のうえ当文庫より出版されることになります。

【応募要項】未発表作品に限る。四〇〇字詰原稿用紙換算で三〇〇枚以上四〇〇枚以内。必ず梗概をお書き添えのうえ、名前・住所・電話番号を明記してお送り下さい。なお、採否にかかわらず原稿は返却いたしません。また、電話でのお問い合せはご遠慮下さい。

【送付先】〒一〇一‐八四〇五　東京都千代田区三崎町二‐一八‐一一　マドンナ社編集部　新人作品募集係

禁断告白《きんだんこくはく》スペシャル《すぺしゃる》　四十路妻《よそじづま》の淫《みだ》ら体験《たいけん》

編者◉性実話研究会【せいじつわけんきゅうかい】

発行◉マドンナ社
発売◉二見書房　東京都千代田区三崎町二‐一八‐一一
電話　〇三‐三五一五‐二三一一（代表）
郵便振替　〇〇一七〇‐四‐二六三九

印刷◉株式会社堀内印刷所　製本◉株式会社関川製本所　落丁・乱丁本はお取替えいたします。定価は、カバーに表示してあります。

ISBN978-4-576-17001-5 ◉Printed in Japan ◉© マドンナ社

オトナの文庫マドンナメイト

人妻禁断告白　日本の淫らな風習
性実話研究会編／私はこうして生け贄になりました……

相姦告白集　熟女との禁断の交わり
性実話研究会編／一線を越えてしまった背徳の告白臭

禁断の性告白　黒い罠にはまった女たち
性実話研究会編／人に言えないアブナイ体験過激告白集

実録ドキュメント　撮られてしまった人妻たち
性実話研究会編／淫らな生態を写真を交えて赤裸々に！

超熟性愛白書　禁断の肉欲編
性実話研究会編／熟れた肉体が疼くとき—濃厚告白！

秘報　覗かれた人妻の性態
性実話研究会編／夫たちの知らない淫乱妻たちの生態！

性愛ドキュメント　背徳の熟年不倫
性実話研究会編／熟年世代が体験した禁断の官能の味！

禁断の素人実話　夫婦の秘密
性実話研究会編／禁断の夫婦生活を赤裸々に大胆告白！

性体験告白　独り身熟女たちの性事情
素人投稿編集部編／欲望のままに生きるシングル熟女たち！

濃厚熟女体験　あの夏の禁断の夜
素人投稿編集部編／エロすぎる熟女とのひと夏の極上体験

豊満超熟白書
素人投稿編集部編／むっちり熟女たちの爛れた性告白！

女教師　禁断【タブー】体験告白
素人投稿編集部／教え子との禁断の関係…赤裸々告白集

Madonna Mate